SV

Christoph Schmitz

Das Wiesenhaus

Roman

Suhrkamp

Erste Auflage 2012

Satz: Hümmer GmbH, Waldbüttelbrunn
Druck: Druckhaus Nomos, Sinzheim
Printed in Germany
ISBN 978-3-518-42285-4

1 2 3 4 5 6 – 17 16 15 14 13 12

Für Sebastian, Benedikt und Markus

Das Wiesenhaus

Gekröse aus Wachs in meiner Hand. In der kirschhölzernen Anrichte habe ich es entdeckt. Ich suchte die Fotografie des Wiesenhauses, jahrelang hatte sie obenauf gestanden, wo ich sie plötzlich vermißte. Unter wogenden Apfelbaumkronen duckt sich das Haus vor Ausbruch eines Sommergewitters. Der Himmel ist bleiern, ein einzelner Sonnenstrahl erleuchtet Gebäude und Garten. Am Schreibtisch sitzend, hatte ich das Licht draußen gesehen, mit dem Fotoapparat war ich hinausgelaufen, um es einzufangen. Ein Licht, das auch auf die Großmutter fiel, die Mittagsschlaf hielt, und das ihrem uralten Gesicht ein Antlitz verlieh, als hätte sie ihr Leben noch vor sich. Dabei lag sie dort wie wenige Jahre später auf dem Totenbett, rücklings, die Hände über dem Bauch gefaltet, nur daß sie im Wiesenhaus noch ihr Gebiß trug und die Lippen sich ebenmäßig über die falschen Zähne schlossen, während ihr toter Mund einfallen sollte wie ein Mauseloch.

Bevor ich das Wiesenhausfoto fand in der Anrichte, stieß ich auf die vor Zeiten dort verstaute Kristallschale, in der ein verstaubtes Filzbüschel lag und ebenjenes unförmige Ding aus kardinalrotem Paraffin. Das Filzbüschel hatte ich Anfang der Neunziger aus einer Beuys-Installation gezupft, heimlich, verstohlen, und es sogleich in der Hosentasche verschwinden lassen. Ich bräuchte den Stoff zum Überleben, dachte ich damals, wie eine Reliquie, einen Segen. Heute ließ ich den Filzfetzen liegen und griff statt dessen nach dem Klumpen aus Wachs, ich wiege ihn im Handteller, betrachte ihn. Sehen so die Krebsnester aus, die mir die Chirurgen aus dem Leib geschnitten haben? Wuchernde Blasen und Wülste.

Ich schließe die Hand und drücke das Stück, daß es warm wird und weich wie meine Erinnerungen. Durch die Balkontür neben meinem Krankenbett schaue ich über die Brüstung auf den Park. Ich stehe im Licht der ins Zimmer fallenden Sonne, die heiß ist, und schließe die Augen. Das Wachs biegt und krümmt sich. Ich sehe meine Hand, verwandelt zu der eines Kindes, und wie sie sich dem nähert, was der Krotzen einmal, vor Jahrzehnten, war: ein roter Nagel, selbst aus Wachs, im Körper einer honiggelben Osterkerze, aufgestellt im Wohnzimmer von Onkel Jupp. Meine Finger greifen zu und ziehen das spitze Ding, eines von vieren, samt Metallstift aus der Kerze. Und ich sehe die Kerze an ihrem Ursprungsort im Altarraum von Sankt Ambrosius, noch gespickt mit allen vier Nägeln. Jupp ist da, wir Kinder sind ihm die Stufen der leeren Kirche hinauf in den Altarraum gefolgt, wo er den schlanken Körper aus Bienenwachs mit seinen Händen umschließt, vom bronzenen Ständer hebt, unter den Arm klemmt und sich durch den Mittelgang Richtung Westportal davonmacht, gefolgt von einer Prozession feixender Nichten und Neffen.

Bevor ich sterbe, muß ich erzählen. Mit dem Rükken gegen die Kissen meiner Matratzengruft gelehnt, schreibe ich, den Laptop auf den Oberschenkeln. Die Wachsbeule liegt neben dem Filzstück auf der Fensterbank vor mir, und dort, in einem fleckigen Silberrahmen neben weiteren Erinnerungsstücken, steht auch das Wiesenhausfoto. Die Sonne hat mir nicht gutgetan. Ich schwitze, das Haar klebt an der Stirn. Wind könnte ich gebrauchen. Den frischen Luftstrom, der mir damals durchs Haar ging, als wir mit Jupp bei weit geöffneten Fenstern die Straße von Sankt Ambrosius hinabfuhren.

Eingepfercht saß ich zwischen meinen Geschwistern, meinen Vettern und Cousinen im Geruckel von Jupps rotem VW-Käfer. Im Hof der Großmutter hatten wir auf den Onkel gewartet. Für den Opferstock drückte sie ihm, als wir schon alle im Auto saßen, zwanzig Mark in die Hand, Anfang der siebziger Jahre kein geringer Betrag, vor allem nicht für die Großmutter, die nur eine kleine Witwenrente bezog, ihr Mann war bereits 1960 an einem Herzinfarkt gestorben. Ich hatte ihn nicht mehr kennengelernt. Als fromme Katholikin erschien ihr das Geldopfer für den Heiligen nicht zu groß. Als Ambrosius Kind war, hatte sie mir einmal erzählt, ließ sich ein Bienenschwarm auf seinem Gesicht nieder. Aber die Bienen krabbelten ihm weder in die Nase noch in die Ohren, sondern nährten ihn mit ihrem Honig. Großmutter kannte viele Heilige und alle ihre Geschichten.

Wir setzten mit der Fähre über den Rhein, fuhren auf der anderen Flußseite weiter, mein Vetter Thomas saß mir zur Rechten, mein Bruder Martin zur Linken, ganz außen neben- und aufeinander die Cousinen, und vorn neben Jupp, dort, wo eigentlich der Beifahrersitz seinen Platz hat, der aber so gut wie nie eingebaut war, hockten auf dem Boden mein Vetter Georg und mein jüngster Bruder, Hubertus. Maria, meine kleine Schwester, war nicht dabei. Der Wind nahm uns den Atem, Jupp hupte und grüßte freundlich die Fußgänger, indem er den Kopf aus dem Fenster streckte und sich übertrieben tief verneigte, dann verteilte er im Wagen wie häufig seine unerwarteten Kopfnüsse, was unseren Jubel nur noch weiter befeuerte. Der Streifen quer über den Schädel brannte minutenlang, aber da jeder im Verlauf des Tages an die Reihe käme, vergaßen wir den Schmerz und das Gelächter der anderen immer schnell. Vor allem weil die große warme Hand des Onkels uns Wangen und Nacken streichelte, sobald er Tränen in unseren Augen sah. Sofort erklärte er den Getrösteten zu seinem erstbesten Freund, und die Welt war wieder in Ordnung. Sie war sogar schöner als zuvor.

Das Glück, von Jupp zum erstbesten Freund erklärt zu werden, war unermeßlich. Er war stark und beliebt, und alle in der Stadt kannten ihn und hatten Respekt vor Joseph Räderscheid. Wenn er lachte, lachten alle.

Wir fuhren Richtung Süden, drei, vier Kilometer die Straße hinauf zur Kirche Sankt Ambrosius. Sie steht auf einem Hügel oberhalb des Rheins, von dort sieht man auf den vom gegenüberliegenden Ufer steil aufragenden Basaltfels der Kronenley, dahinter auf die Höhen des Westerwalds und auf das Siebengebirge, in dem flußabwärts einst ein Drache gehaust haben soll. Wir traten in den Kirchenraum, Jupp wusch sich im Weihwasserbecken die Hände, wir gingen am Opferstock vorbei durchs Langschiff bis zur Osterkerze, die in der Nähe des Altars stand und uns Kinder weit überragte. Sie roch nach frischen Waben.

Zurück im Auto, überkam uns ein Lachkrampf, wir rasten los, während Georg und Hubertus auf dem Boden sitzend die Kerze in ihren Händen senkrecht aus dem Schiebedach hielten. In Schlangenlinien und mit quietschenden Reifen ging es die steile Straße hinab. Jupp brachte den Käfer zum Tanzen. Wild wirbelten wir durcheinander, daß unsere Köpfe zusammenschlugen, was uns nur neue Lachtränen in die Augen trieb. Wir parkten vor einer Frittenbude am Bahnhof. Jupp zahlte mit dem Geld der Großmutter, was mir damals nicht wie Diebstahl, sondern wie ein Jungenstreich vorkam, der der Welt, wenn auch nur für einen Moment, den Ernst nehmen sollte. Mit einem Lächeln legte Jupp das Geld auf die Theke. Die Osterkerze stellte er ins Wohnzimmer. Dort, am Gerbermarkt, brannte sie viele Jahre lang und wurde uns Kindern zum geheimen Zeichen, daß trotz aller Regeln alles, wenn nicht erlaubt, so doch immerhin möglich war. Wir konnten machen, was wir wollten.

Onkel Jupp war unser Liebling und ein schöner Mann. Er war hoch gewachsen, hatte dunkle Augen, eine kräftige Nase und einen großen Mund mit vollen Lippen. Ein Mund, wie ihn die Frauen lieben, dachte ich damals.

Tatsächlich haben die Frauen in der kleinen Stadt Jupp sehr gemocht. Zumindest hörte ich das später von meinen Eltern, als ich mehr über die Geschichte unserer Familie erfahren wollte. Sie erzählten mir, wie Jupp mitten in der Nacht meinen Vater weckte mit der Nachricht, daß er gerade eine stadtbekannte Schönheit an ihrem Swimmingpool gevögelt habe. Dabei sei er zu meinem Vater unter die Bettdecke gekrochen, der ihn lachend rauswarf und lange nicht einschlafen konnte. Geheiratet wurde kurz danach. Aber die Braut war nicht die Swimmingpoolschönheit, sondern eine andere aus der Oberschicht. Ihr Vater war Notar, die Familie wohnte in einer Villa im Oberleyen, einem großbürgerlichen Straßenzug am Hang zwischen Luisenberg und Rheinufer südlich der Stadt. In der Villa gab es romantische Ölgemälde, Empire- und Biedermeiermöbel, zahlreiche weitere Antiquitäten und einen Weinkeller, den Jupp irgendwann plündern und gewinnbringend veräußern sollte. Beim Verkauf der Antiquitäten flog das Geschäft auf, was der jungen und, wie erzählt wurde, von Anfang an spannungsreichen Ehe ein frühes Ende beschied. Jupp mußte alles, was noch übrig war, herausgeben und den Erlös seines heimlichen Handels zurückzahlen. Er konnte zufrieden sein, juristisch nicht belangt zu werden. Großmutter sprach über Wochen kein Wort mit ihm.

Mit den Eigentumsverhältnissen hielt Jupp es nie so genau. Uns Kindern stahl er Schnuller, Socken und Spielzeug. In den Schubladen seiner alten Schränke lagerten umfangreiche Bestände. Niemand merkte, wenn er etwas mitgehen ließ. Plötzlich war es verschwunden, und alle suchten danach, auch Jupp. Dann setzte er eine besorgte Miene auf. Als er mit der Zeit in Verdacht geriet, selbst der Dieb zu sein, wies er alle Anschuldigungen von sich.

Einmal schenkte er mir ein gebrauchtes Zelt. Als beim Räuberspielen in der Seitenwand eine Naht aufriß, brachten wir es ihm zur Reparatur in die Werkstatt. Wochenlang fragten wir nach, wann es fertig sei, bis wir es schließlich aufgeschlagen im Garten von Onkel Freddi wiedersahen. Jupp hatte es meinen Vettern und Cousinen geschenkt, ohne es zuvor repariert zu haben.

Bevor ich sterbe, muß ich erzählen. Vom Leben in jener kleinen Stadt am Rhein namens R., wo ich geboren wurde; der Krieg war siebzehn Jahre vorbei, zerstört hatte er nur wenige Gebäude, aber viele Männer waren gefallen.

Der Stadt gegenüber, auf der anderen Seite des Rheins, mündet die Nahle. Bei Hochwasser sind die Felder dort von einer erdfarbenen Wasserfläche bedeckt. Bis zu den Weinbergen des Nahletals dehnt sie sich aus.

Der Rhein schwappt bei steigendem Pegel über die Uferstraße Richtung Stadttor und weit darüber hinaus. Auf den Schiefermauern des westlichen Rheintors zeigen weiße Markierungen die Hochwasserstände der vergangenen Jahrhunderte an, eine verläuft drei Meter über dem Bürgersteig. Innerhalb von Stunden dringt der Fluß am Stadttor vorbei zum Gerbermarkt, der von Fachwerkhäusern umsäumt ist. Die Gebäude stammen größtenteils aus dem 17. und 18. Jahrhundert, nur die Stadtmauer ist noch älter. Mit ihren steinernen Erdgeschossen, darüber dunkles Gebälk, stehen die Fachwerkhäuser schmal und hoch. Im ersten Stock eines der Häuser ist eingefaßt unter einem Fenster eine kleine Luke für den Notausstieg. Das Hochwasser klettert Zentimeter um Zentimeter die Fassaden hoch, bis der Platz und die Erdgeschosse vollständig im Rhein versunken sind. Das geschieht alle paar Jahre. Das früheste Hochwasser, datiert auf 1459, war das schlimmste. Im Haus mit der Rettungsluke lebte Jupp.

Meine Eltern wohnten außerhalb der alten Stadt an der Verlängerung der Hauptgeschäftsstraße. Das Haus hatte mein Urgroßvater 1890 gebaut. Er war Sprengmeister beim ortsansässigen Bergbauunternehmen gewesen, das über und unter Tage die Steinplatten des Rheinischen Schiefergebirges für den Haus- und Dachbau hob. Zehn Kinder hatte er mit seiner Frau, sieben Jungen und drei Mädchen. Meine Großmutter war die Jüngste und mußte gemeinsam mit ihrer Mutter und ihren Schwestern die Arbeitshosen, die weißen Sonntagshemden, die Unterwäsche, die Strümpfe und Taschentücher ihrer Brüder, die Bettlaken und -bezüge der Familie mit der Hand waschen, trocknen, bleichen, bügeln und falten. Wie sie mir später erzählte, sei einer ihrer Brüder so groß gewesen, daß er in die Leibgarde des Kaisers in Berlin aufgenommen wurde. Zwei ihrer Brüder seien im Ersten Weltkrieg gefallen; als die Nachricht ihres Todes die Familie erreichte, soll mein Urgroßvater dem Kaiser unverzüglich einen Brief geschrieben haben, in dem er ihm seine nächstälteren Söhne als Soldaten anbot.

Diese Geschichte allerdings erfuhr ich von Jupp. Wenn von längst verstorbenen Familienmitgliedern und alten Zeiten die Rede war, erzählte er sie immer wieder, obwohl sich niemand eine solche Hartherzigkeit vorstellen konnte. Das Unerwartete und Jähe gehörte zu seiner Art, und so tauchte er überall auch immer plötzlich und unerwartet auf. Nie kündigte er sich an. Verabredungen mit ihm waren unmöglich, was nicht bedeutet, daß er sich nicht verabredete. Tatsächlich verabredete er sich genausooft wie andere auch, nur hielt er sich nie an die Absprachen, kam gar nicht oder so viel später, daß von einer Verspätung nicht mehr die Rede sein konnte. Er tat dann so, als hätte es eine Verabredung nie gegeben, oder er sprach von schicksalhaften Ereignissen, von denen jeder einsehen mußte, daß sie ein zuvor vereinbartes Treffen unmöglich machten. Uns Kindern war das egal. Wenn Jupp kam, war unsere Freude groß.

In einem Seitental der Stadt hatten wir an einem Bachlauf eine Hütte aus Ästen und Zweigen gebaut. Rundherum modernde Laublawinen, durch die wir hangabwärts rutschten und rollten wie im Schnee bis zum Wasser, wo rostige Eimer mit zerfressenen Böden lagen. Stunde um Stunde sammelten wir Baumaterial im Unterholz, nisteten uns ein im Wald und bemerkten nicht, wie hungrig und durstig wir geworden waren. Später machten wir in der Hütte ein Feuer, senkrecht stieg der Rauch zur Deckenluke. Wir saßen zusammen, stolz, erschöpft, hörten den Bach, den Wind in den Bäumen und die Vögel und mit einemmal mitten im Wald das Hupen des VW-Käfers. Wir stolperten nach draußen und sahen den roten Wagen über den Waldweg am Bach entlangrollen. Aus dem Fenster reichte uns Jupp kühles Malzbier und frisches Brot, Blut- und Leberwurst samt Pfanne und fuhr davon. Gierig ließen wir das schwarze Getränk reihum durch unsere Kehlen laufen und stopften den brutzelnden Wurstbrei mit Brotfetzen in die Münder. Wir rülpsten um die Wette und legten uns schließlich träge vor der Behausung ins Laub.

Jupp schenkte gern. Immer wieder fuhren wir mit ihm an den Wochenenden in aller Frühe zu einer Verladestelle am Rhein, wo ein Kran Schieferplatten in Lastkähne hob. Von der Mauer warf Jupp mehrere Angeln aus, und wir Kinder mußten die Schwimmer beobachten und ihm helfen, die zappelnden Fische aus dem Wasser zu ziehen. Anschließend operierte er ihnen die Haken aus Lippen und Schlund. Unsere Kinderfinger spazierten über die spiegelglatten Körper, die zuckten und zappelten, daß wir erschrocken zurücksprangen. Manchmal schob Jupp die lebenden Fische in eine Reuse, die er vorsichtig ins Wasser ließ, manchmal tötete er sie sofort, indem er ihnen mit dem Rücken des Messers auf den Schädel schlug. Dann schlitzte er die Körper vom After bis zu den Kiemen auf, nahm die Eingeweide heraus und übertrug uns die Aufgabe, die blutigen Leiber auszuwaschen und in einem Eimer zu sammeln. Fettiger Fischgeruch quoll mir in die Nase. Der ganze Rhein roch wie ein einziger Fischleib, ein überdimensionaler Aal, eine mächtige Wasserschlange, die sich an unserer Stadt vorbei durchs Tal wand. Nach dem Angeln fuhren wir von Haus zu Haus und verteilten den Fang in der Familie.

Schon gegen Ende der Grundschulzeit übernachteten wir im Sommer hin und wieder im Wiesenhaus auf dem Bleichberg. Von dort blickt man über die Stadt hinweg ins Rheintal. Den Fluß selbst sieht man nicht. Aber man hört die Motoren der Lastkähne, ihr tiefes, rhythmisches Tuckern. Als störend habe ich sie nie empfunden. Vielleicht weil sie weit genug entfernt waren, vielleicht weil der Verkehr die Ruhe der Natur außerhalb der Stadt im Obstgarten des Wiesenhauses nie ernsthaft übertönte, sondern vielmehr untermalte. Erst später, als der aus der Stadt herausführende Weg asphaltiert wurde und oben auf den ersten Höhenzügen des Westerwalds zuerst das Kreiskrankenhaus und dann eine wuchernde Siedlung aus Einfamilienhäusern entstand, kamen die Autos, Lastwagen und Busse und zerstörten die Ruhe. Damit der Verkehr schneller fließen konnte, wurde die am Wiesenhaus vorbeiführende Straßenbiegung verbreitert, das Grundstück beschnitten. Daß Jupp den Verkaufserlös für den Wiesenstreifen in die eigene Tasche wandern lassen könnte, obwohl meine Großmutter die Eigentümerin war, hätte ich mir damals nicht vorstellen können.

Gebaut hatte das Wiesenhaus viele Jahrzehnte zuvor und in mehreren Etappen einer der Brüder meiner Großmutter, Ludwig Siemons, mein Patenonkel. Ihm gehörte auch die Sattlerei, die sein Neffe Joseph, Onkel Jupp, erben und weiterführen sollte. Im Ersten Weltkrieg war Ludwig, den alle nur Lutt nannten, als Soldat in China stationiert gewesen, wo er die deutsche Kronkolonie Kiautschou verteidigte, bis er in japanische Gefangenschaft geriet.

Wenn wir Kinder nach Lutts Tod 1972 allein im Wiesenhaus übernachteten, was uns die Eltern sehr früh erlaubten, tauchte irgendwann Jupp auf. Bei einem seiner plötzlichen Besuche saßen wir zwischen den Obstbäumen an einem Lagerfeuer. Die Flammen züngelten hoch, als Jupp herausfinden wollte, wer von uns der Tapferste sei. Alle streckten die Hände in die Luft, auserwählt wurde mein Vetter Georg. Jupp packte ihn an Arm und Bein, drehte sich um die eigene Achse und ließ Georg durch die Flammen fliegen. Zum Trost ernannte er ihn zu seinem erstbesten Freund.

Als wir uns später im Haus schlafen legten, durften wir endlich an dem Schabau nippen, wie Jupp den Obstler nannte, den er den Abend über getrunken hatte. Die Zunge brannte, wir waren kühn und verwegen. Bis Jupp die Stirn in Sorgenfalten legte, weil Alkohol, wie er sagte, die Kinderleber zerfrißt. Er kündigte uns den frühen Tod an, und zwar noch in dieser Nacht. Wir wollten ihm zuerst nicht glauben und lachten verlegen, waren aber schnell überzeugt, daß wir den Morgen nicht mehr erleben würden. Angst stieg in mir auf, ich erinnere mich, und das kurze Gefühl der Verlorenheit. Aber der Onkel wußte Rat. Penatencreme und Senf würden helfen. Senf, den Jupp *Mostert* nannte, gegen den Leberfraß, Penatencreme gegen den zu erwartenden Hautausschlag. Hintereinander mußten wir uns in einer Reihe aufstellen, und Jupp verabreichte uns nacheinander Löwensenf aus der Tube, der erneut Feuer legte in unseren Mündern, daß wir es kaum aushielten, und rieb uns die Gesichter mit der zähen, weißen Paste ein, die wir bis zum Morgen einziehen lassen sollten. Dann würde alles gut. Dabei blitzte aus seinem Gesicht ein Vergnügen, das mich einerseits verstörte, wenn auch nur für die Zeit eines Wimpernschlags, das ich andererseits jedoch nur zu gern als Ausdruck seiner Freude über unsere voraussichtliche Genesung deuten wollte. In Reih und Glied legten wir uns rücklings wie in einem Feldlazarett auf die über den Boden verteilten Schaumstoffmatratzen, die Beine ausgestreckt, Arme dicht am Körper, den Blick zur Decke, damit von der Zinksalbenmaske auf unseren Gesichtern nur ja nichts weggewischt würde. *Nit bewäje*, sagte Jupp, trank noch einen Schabau und verschwand.

Auf einmal war es sehr still. Wir hörten noch das sich entfernende Auto. Die Nacht drohte lang zu werden. Es war, als flögen wir in einer Weltraumkapsel durch das schweigende All. Jemand hatte uns in die Nacht geschossen, ohne Pilot trieben wir in der Leere und hofften, am rechten Ort anzukommen und sicher zu landen. Wir lauschten unserem Atem, bis wir einschliefen. In der Frühe wachten wir glücklich auf, wir hatten überlebt! Jupp hatte recht behalten. Die Sonne schien, die Vögel sangen, und wir liefen barfuß durch das taunasse Sommerwiesengras.

Immer hat Jupp uns gerettet. Als er uns dazu animierte, in einen Waldteich zu springen, und sogar Thomas sich hinreißen ließ, der zu dieser Zeit noch nicht schwimmen konnte, stieg Jupp mit Schuhen und Hosen ins Wasser und zog den strampelnden Neffen aus dem Weiher. Auch als sich an einem Abend bei Jupp zu Hause ein *Nejerkopp* mit blutroten Lippen und schwarzen Haarstoppeln aus glänzendem Gummi durch den Türspalt zum Wohnzimmer schob, half er uns. Wir Kinder erstarrten, während unsere Mütter nur lachten. *Isch sinn de Ühlemann!* wimmerte die Fratze. Aber da wurde sie schon von einer unsichtbaren Hand fortgerissen, und kaum war das Ungeheuer verschwunden, hörten wir im Flur Jupp schimpfen, der dem Lump die Leviten las und ihn vertrieb. Aus dem Erdgeschoß drang das Scheppern der zugeschlagenen Eingangstür zu uns herauf, die Sache war erledigt. Jupp war Herr über Leben und Tod.

Bevor ich sterbe, muß ich erzählen. Der Tumorklumpen im Dickdarm wurde entfernt. Auch die Metastase in der Leber. Mittels einer neuen Technik wurde das quallenartige Gewächs *herausgezogen*, wie es der Chirurg formulierte, ohne das Organ zu schädigen, was vor wenigen Jahren noch nicht möglich gewesen sei. Damals seien die Tage des Patienten gezählt gewesen, sagte er freimütig und zufrieden mit dem medizinischen Fortschritt. Für die Wochen der Chemotherapie bin ich krank geschrieben. Jetzt habe ich Zeit, die mir die Krankheit aufzwingt. Ich mache den Kindern und meiner Frau das Frühstück, räume die Wohnung auf, wenn alle aus dem Haus sind, zum Kindergarten, zur Schule, zur Arbeit, ich kaufe ein, koche, ruhe. Ich blicke zurück und schreibe die Geschichten meiner Familie auf und die des Ortes, wo ich aufgewachsen und eine ganze Weile nicht mehr gewesen bin, und staune, wie hervorsprudelt, was so weit zurückliegt. Alles bricht auf.

1668, das Baujahr von Jupps Haus am Gerbermarkt, eingeschnitzt im hölzernen Türsturz. In meiner Kindheit war die Haustür nie verschlossen. Man betrat zuerst einen Vorraum, der damals schon keinen Zweck mehr erfüllte, früher wurden hier die Kunden der Sattlerei bedient, durch ein Schaufenster fiel Licht herein. Ein paar Stufen führten in die dahinter gelegene Werkstatt, die an den Innenhof grenzte. Dort stand Jupps hellblau lackiertes Ruderboot, bei Hochwasser kam es zum Einsatz. Leder und Klebstoff waren schon an der Haustür zu riechen. Vor den Hoffenstern in der Werkstatt stand eine der Werkbänke aus dunklem Holz. Aufgerollt an den Seiten lagen Leder- und Kunstlederbahnen. Zahllose Schneide-, Stanz- und Nähgerätschaften, Zwirnrollen und Behälter mit Klebstoffen waren übersichtlich aufgereiht. Ich habe Jupp dort nie arbeiten sehen. Angestellte gab es auch keine. Eigentlich war die Werkstatt immer verwaist. Ein einziges Mal ist mir ein Kunde begegnet, der seinen Lederkoffer aus der Reparatur abholen wollte. Jupp vertröstete ihn auf einen späteren Zeitpunkt.

Draußen hörte man die einkaufenden Fußgänger an der Sattlerei vorübergehen, ihre Schritte verhallten auf dem Gerbermarkt. An Jupps Haus vorbei führte die Magdalenerinnengasse in Richtung Luisenberg. Über sie gelangte man zum Krankenhaus der Magdalenerinnen, wo ich 1962 geboren wurde. Anfang der Siebziger wurde das Krankenhaus, wo nach mir auch meine Geschwister zur Welt kamen, abgerissen. Auf der Brache entstand eine Tiefgarage mit Zufahrt jenseits der Stadtmauer für die immer zahlreicher werdenden Tagestouristen. Die Magdalenerinnen hatten sich nach Maria aus Magdala benannt.

Sie entdeckte das leere Grab des Auferstandenen und begegnete ihm als erste, erzählte mir die Großmutter. Unter ihren Heiligen mochte sie die Frau aus Magdala besonders. Sie sei nicht so feige wie die anderen Jünger gewesen. Vielleicht wurde meine Mutter darum auf diesen Namen getauft, Magdalene.

Den Geruch der Werkstatt habe ich noch heute in der Nase. Auf meine Stimmung hatte er eine eigentümliche Wirkung. Die Ausdünstungen der Lösungsmittel in den Klebstoffen schärften meine Sinne, der süßliche Duft des Leders machte mich dünnhäutiger. Hinzu kamen die Stille und Einsamkeit des schattigen Raumes, die samtenen Lichtquader, die durch die beiden Hoffenster drangen, die in weite Ferne gerückten Laute des Platzes. Sie verwandelten die Werkstatt in einen heimlichen Ort. Gemeinsam mit meiner Cousine Monika suchte ich ihn auf, wenn wir im Haus allein und ungestört waren und ein Treffen mit den anderen nicht in Aussicht stand.

Auf den schweren Werkbänken zwischen Schraubstöcken, Klebstoffdosen und Werkzeugregalen nähten wir uns Kleider aus den Lederabfällen, die meterhoch geschichtet auf einem Tisch und zu Haufen getürmt auf dem Boden lagen. Die messerscharfen Schneide- und Stanzgeräte steckten nach Größe sortiert in dünnen Schlaufen. Wir zeichneten die Konturen mit weißer Wachskreide auf die Rückseiten der

Bahnen, schnitten sie aus und fügten die braunen und roten Hosen-, Rock- und Jackenteile mit weißen Fäden und gelbem Klebstoff zusammen. Dann probierte Monika die neuen Kleider an. Aber sie streifte sie sich nicht etwa über das, was sie trug, sondern über die Haut. Sie zog sich aus, stand für einen Moment nackt vor mir im Muster aus Licht und Schatten und stieg in das mit Lücken und Schlitzen übersäte und zusammengeflickte Lederzeug. Dann drehte sie sich um sich selbst, tanzte auf knarzenden Dielen ein paar Schritte, viel zu wenige für meinen Geschmack, bis sie sich genierte und sich viel zu früh wieder umzog.

Wenn ich bei Monika übernachtete, schliefen wir im Bett ihrer Eltern. Jupp schlief im Wohnzimmer, Tante Anni neben uns. Bis sie ins Bett kam, hatten wir genug Zeit. Aus dem Wohnzimmer nebenan hörten wir den Fernseher und hin und wieder die Stimmen der Erwachsenen. Wenn sich die Tür zum Flur öffnete, waren wir gewarnt. Zuerst erzählten wir immer ein wenig. Dann, nach einer Weile, legten wir uns in den Schlafanzügen aufeinander. Unter den Kleidern streichelten wir uns über die nackte Haut.

Einige Male hörten wir die Wohnzimmertür nicht. Weder das Klacken des Eisenschlosses noch das Quietschen der schiefen Tür in den Angeln, noch den Schlag, mit dem das Eichenholz zurück ins Schloß fiel. Erst als die Schlafzimmertür auf- und das Licht anging, schreckten wir hoch und erzählten Anni was von *Aufdieandereseitelegen* oder *Unsistvielzuheiß*, weil sie ja nicht sehen konnte, daß wir mittlerweile halbnackt waren unter der Decke. Natürlich glaubte sie uns kein Wort. Ihr muß klar gewesen sein, was dort in ihrem Ehebett zwischen ihrer Tochter und ihrem Neffen geschah. Zwar verbarg sie ihr Mißtrauen nicht, ließ uns aber mit der Ermahnung, jetzt endlich zu *bohfen*, wieder allein. Im Halbschlaf hörte ich, wie sie später noch einmal durch den Flur schlich und den Kopf durch den Türspalt schob. Ich reagierte nicht. Ob Monika wach war, kann ich nicht sagen. Jedenfalls hatte ich das Gefühl, sie läge nicht nur eine Handbreit neben mir, sondern Meter entfernt, unerreichbar, als wäre sie gar nicht mehr da. Ihre Körperwärme kam mir vor wie die eines Elektroradiators, der stumpf vor sich hin brütet. Am Morgen sah sie mich kaum an, sprach beim Frühstück nur mit ihrer Mutter, die uns beide freundlich versorgte und mir ein einziges Mal kurz und fest in die Augen sah.

Aus Nebenbemerkungen meiner Vettern schloß ich, daß auch sie Monikas Nähe suchten. Offen gesagt haben sie es nie. Und auch Monika verlor darüber kein Wort. Was auch immer zwischen uns gewesen war, es endete Jahre vor der Pubertät. Es gab keinen Bruch, keinen Eklat, es geschah einfach nicht mehr. Als unterschwellige Scham aber wirkt die Kinderliebe nach, und ich glaube, wir spüren sie bis heute, wenn wir uns als erwachsene und verheiratete Menschen mit eigenen Kindern alle Jahre wiedersehen.

Erzählen muß ich, bevor ich vergesse, bevor ich vergessen werde. Nur sporadisch habe ich die eine oder andere Geschichte meiner Frau und später unseren Kindern erzählt, zur Unterhaltung, zum Vergnügen. Das meiste habe ich ausgelassen. Vorhin noch standen meine Töchter an meinem Bett. Sie wollten wissen, was ich schreibe. *Alte Geschichten*, sagte ich, *für euch. Liest du sie uns vor?* fragte die Älteste, und schon setzte sie sich mit ihren Schwestern vorsichtig zu mir aufs Bett und schob ihren Kopf vor den Bildschirm. *Noch nicht*, sagte ich.

Das Sattlerhandwerk lag Jupp nicht besonders am Herzen. Daß er so viel Zeit mit uns Kindern verbrachte, mußte mit seiner Flucht aus der Werkstatt zusammenhängen. Wie ich schon sagte, war Jupp in die Fußstapfen seines eigenen Onkels getreten. Lutt war der Lieblingsbruder meiner Großmutter. Auf alten Fotografien sah ich ihn als Kriegsgefangenen neben einer aus Bambus geflochtenen Hütte vor einem Feuer in zerrissenen Kleidern oder als jungen Tennisspieler, der diesen Sport, wie Großmutter mir erzählte, in China erlernt hatte und nach seiner Heimkehr in unserer Stadt am Rhein einführte. Auch war bereits eine kleine Rundung zwischen den Schulterblättern zu sehen, die sich im Alter zu einem Buckel auswuchs und ihm den Spitznamen *Siemonse Puckel* einbrachte. Eine Frau fand er nicht, jedenfalls keine, die er hätte heiraten wollen. In der Verwandtschaft wurde ihm ein Verhältnis mit einer Nachbarin nachgesagt. Sie hieß Juliane Schrullkamp und hielt in ihrem Garten mehrere Pfauen, deren Schreie klagend herüberdrangen. Jupp war der Meinung, Lutt habe das Wiesenhaus nur gebaut, um sich darin mit Frau Schrullkamp zu vergnügen. Ich habe ihn dort immer nur allein erlebt. Als einsamen alten Mann. Um den sich Großmutter kümmerte. Als wollte sie ihren Bruder trösten und für alle Entbehrungen, die er durch den Krieg erlitten hatte, entschädigen. Bis ins hohe Alter hinein sorgte sie für ihn. Sie wusch seine Wäsche, oder vielmehr ließ sie waschen, und zwar von meiner Mutter, die mit ihrer Familie in Großmutters Haus lebte, sie ließ für ihn kochen und putzen, ließ ihm das Mittagessen hoch ins Wiesenhaus bringen, selbst wenn meine Mutter schwanger war und die Geburt kurz bevorstand.

Für Großmutter war Lutt der Mittelpunkt der Familie. Sein Lebenswerk, die Sattlerei, galt es fortzuführen. Und so war es in ihren Augen nur selbstverständlich, daß der einzige männliche Nachkomme den Betrieb übernahm, Onkel Jupp. Und zwar nicht nur die Werkstatt, sondern auch das dazugehörige Leder- und Sportwarengeschäft auf der anderen Seite des Gerbermarktes, wo meine Mutter bis zu ihrer Hochzeit unentgeltlich als Verkäuferin tätig war. Von ihr wußte ich, daß Jupp immer Zeichner hatte werden wollen, technischer Zeichner, um genau zu sein, weil man sein Talent in jenen frühen fünfziger Jahren ja mit etwas Nützlichem verbinden mußte. Und zeichnen konnte Jupp, ohne je Unterricht genommen zu haben. Ich habe Skizzen von ihm gesehen, kleine, beiläufige Kritzeleien, die er auf Bierdeckel und Zeitungsränder malte, einen Raben, den er mit Bleistift auf einem DIN-A4-Blatt naturgetreu abbildete und meinem Bruder Hubertus schenkte. Breitbeinig stand der Rabe da, geduckt, fluchtbereit, als müßte er sich jeden Augenblick davonmachen. Den Kopf richtete er gen Himmel, und mit seinem weit geöffneten Schnabel schien er zu schreien, laut und rauh. Monatelang zeigte Hubertus die Zeichnung herum, *minge Köbes vum Jupp*, und tagelang weinte er und war niedergeschlagen, weil ihm jemand, ich weiß nicht wer, das Blatt zerrissen hatte. Den Raben gab es wirklich, obwohl ich mir gar nicht sicher bin, ob es überhaupt ein Rabe war und vielleicht nicht doch eine Krähe. Für uns war es ein Rabe. Als Jungtier haben wir ihn im Hof aufgezogen, nachdem Onkel Freddi, der Schwager meiner Mutter, ihn mit einem Schuß aus dem Luftgewehr verletzt hatte. Er hieß Jakob und tauchte immer wieder auf, als gehörte er zur Familie.

Technischer Zeichner, ein so abwegiger Beruf kam nicht in Frage. Daß ihr Sohn im Betrieb ihres geliebten Bruders in die Lehre gehen und später das Geschäft übernehmen würde, war für meine Großmutter so zwangsläufig wie das regelmäßige Hochwasser des Rheins. Lehre und Gesellenprüfung ließ Jupp noch widerwillig über sich ergehen, den Meister aber verweigerte er. Wer brauchte im Wirtschaftswunderland schon einen Spezialisten für Pferdesättel und Zaumzeug? Er war in einen ungeliebten Beruf ohne Zukunft gezwungen worden. Wirklich opponiert hat er nicht.

Allerdings wich er von Anfang an den beruflichen Anforderungen, so gut es ging, aus und kaschierte sein leichtes Leben mit Betriebsamkeit. Zollstock und Bleistift in der Brusttasche einer grünen Latzhose, war er in seinem Käfer mit herausgebautem Beifahrersitz in der Stadt und der näheren Umgebung ständig unterwegs. Manchmal blieb er bei uns stehen, ließ uns einsteigen, und wir machten einen Ausflug zum Luisenberg, zum Wiesenhaus, in den Westerwald, ins Wiedbachtal oder fuhren kreuz und quer durch die Stadt.

Dabei führte er uns an Orte, die sonst niemand betrat. Zu einem Hof, wo ehemals die Synagoge gestanden hatte. Ausrangierte Möbel und Maschinen stapelten sich in der Ruine, ein Feuer hatte Spuren hinterlassen. Jupp erzählte uns von der Synagoge, erklärte aber nicht, was dieses Wort bedeutete. Der jüdische Friedhof am nördlichen Hang des Luisenbergs war von einer Mauer umgeben, das schmiedeeiserne Tor war nur angelehnt. Wir schlichen um die brüchigen Gräber, fremde Zeichen hier und dort, und gingen schweigend zum Auto zurück.

Vor allem aber nahm uns Jupp mit in seine über die Stadt verteilten Stammkneipen, die er regelmäßig besuchte und wo tagsüber nur wenige Männer an den Tresen saßen. Zu jedem Bier trank er einen Schnaps. Wir Kinder durften trinken, was wir wollten, und bestellten Limonade oder Dunkelbier. Jupp ließ alles anschreiben. Er hatte überall Kredit, seine Schulden muß er immer wieder beglichen haben. Wenn uns langweilig wurde, gab er uns Geld für die Glücksspielautomaten. Manchmal gewannen wir etwas. Dann prasselten die Münzen in die Auffangschale, das Gerät blinkte wie von Sinnen in allen Farben, tönte in perlenden Läufen, auch wenn am Ende nur ein paar Mark zusammenkamen. Für uns bedeuteten sie Reichtum! Meiner Cousine Sabine war es einmal gelungen, fünfzig Mark *herauszuholen*. Meistens aber verloren wir. Und wenn das Geld verspielt war, wurde uns die Zeit sehr lang. Jupp saß und trank, schwieg, redete und versicherte uns regelmäßig, daß wir gleich aufbrechen würden, dieses *gleich* aber zog sich immer weiter hinaus. Es lief keine Musik. Auch von draußen drangen keine Geräusche in den Wirtsraum, und selbst der Spielautomat war verstummt. Hinter der Theke am Zapfhahn stand *Krätze Jöhnsche*, wartete stoisch auf die nächste Bestellung und beteiligte sich nur hin und wieder am Gespräch der Männer, die nebeneinander auf den Hockern saßen, ihre gerundeten Rücken uns Kindern zugewandt. Selten kam es zu einem Gespräch. Wenn sich ein Gedanke aus ihrem Schweigen löste, schlug er manchmal Wellen, und die dunklen, tief in den Bronchien hallenden Stimmen brachen förmlich aus, türmten sich auf zu Gerüsten aus Klangbalken, die so plötzlich, wie sie entstanden waren, geräuschlos in sich zusammenfielen, und der in den Lichtkegeln der Messinglampen wirbelnde Zigarettenrauch beruhigte sich wieder. Einige Worte klingen in meinem Kopf bis heute nach: *Brandt*, *Pack*, *Kommunisten*, *Adenauer*. Damals hatten sie für mich keine Bedeutung.

Abgesehen von seinen zahlreichen Ausflügen und den über den Tag verteilten Kneipenbesuchen, war Jupps eigentlicher Widerstand ein anderer – der geschäftliche Bankrott.

Die Geschäfte meines Patenonkels müssen recht erfolgreich gewesen sein, jedenfalls erwarb Lutt seinerzeit zwei der Fachwerkhäuser am Gerbermarkt. Im Haus mit der Notausstiegsluke war die Werkstatt untergebracht, wo er mit mehreren Angestellten arbeitete und in das später Jupp mit seiner Familie einzog. In dem anderen befand sich im Erdgeschoß das

Leder- und Sportwarengeschäft, in den beiden Stockwerken darüber wohnte Lutt selbst, so lange, bis er ganz ins Wiesenhaus zog.

Viele Tage und Nächte habe ich an seiner Seite verbracht. Daß ich ab meinem zweiten Lebensjahr mehr bei ihm als bei meiner Mutter lebte, hatte die Großmutter entschieden. Obwohl es vermutlich keine Entscheidung im eigentlichen Sinne gewesen war, sondern wie alles andere nur dem natürlichen Lauf der Dinge entsprach. Was der Großmutter gefiel, was sie als richtig erachtete, mußte fraglos für alle das Beste sein. Mein Vater war damals als junger Assistenzarzt die Woche über an verschiedenen Krankenhäusern der Region beschäftigt. Ihn sah ich nur am Wochenende, wenn ich nicht gerade bei Lutt im Wiesenhaus war. Zu jener Zeit hätte ich mir nie vorstellen können, daß meine Eltern gegen meine häufigen Besuche im Wiesenhaus etwas einzuwenden gehabt hätten.

Obwohl ich so viel Zeit mit ihm verbracht habe, ist mir von Onkel Lutt kaum ein Wort in Erinnerung geblieben. Es scheint, als hätte er fast nie etwas gesagt und ich nichts gehört außer seinem Schweigen. Still war die Welt mit ihm, und so mochte ich sie zu jener Zeit am liebsten. Ganz Schweigen und Schauen.

Stumm sehe ich Lutt über die Wiese gehen und die Obstbäume betrachten. Manchmal schöpfte er mit einem an einer langen Holzstange befestigten Eimer aus der Sickergrube die Toiletten- und Waschbekkenabwässer, schritt vorsichtig, damit nichts überschwappte, zu den Bäumen hin, um sie zu düngen. Später, nach seinem Tod, behauptete Jupp, Lutt sei geizig gewesen, nicht einmal die Kalorien des Abwassers habe er verschwenden wollen.

Zum Frühstück setzten Lutt und ich uns immer an den Tisch, der im Kaminzimmer vor dem großen Fenster stand. Zuvor noch benetzte er einen Kamm mit Kölnisch Wasser und zog ihn mir vorsichtig durchs Haar. Dabei spitzte er den Mund, durch dessen runde Öffnung die Atemluft pfiff. Vom Frühstückstisch aus sahen wir an zwei Apfelbäumen vorbei über die Wiese und über den Weg auf das bewaldete Tal. Es war derselbe Blick, den ich hatte, als Jahrzehnte später die Lichtverwandlung ins Innere drang und ich draußen von der Straße aus die Wiesenhausaufnahme machte. Ein Blick wie aus einem Versteck.

An manchen Sommerabenden ließen wir uns auf der Terrassenbank vor dem großen Fenster nieder und beobachteten, wie die Nacht übers Land kam. Himmel und Erde schienen mit zunehmender Dunkelheit zu verschmelzen. Der ins Schwarz getunkte Raum über und unter uns dehnte sich unsichtbar und sog die Laute der stiller werdenden Stadt und der versteckten Waldtiere in sich auf. Nur die Glühwürmchen, die plötzlich in der Finsternis auftauchten, erinnerten uns daran, daß wir noch da waren.

Bei Gewitter öffnete Lutt die beiden Fensterflügel im Wohn- und Schlafzimmer, zog einen Lehnstuhl davor, löschte die Deckenbeleuchtung, kerzenförmige Glühbirnen, montiert auf den Enden eines Hirschgeweihs, und zwischen den Beinen des Onkels stehend, sah ich in den strömenden Regen und in den von Blitzen durchzuckten Himmel. Die Donner dröhnten wie Paukenschläge. Ihr Wider- und Nachhall vermischten sich zu einem kosmischen Konzert. Einmal sahen wir einen Kugelblitz. Er rollte die Straße hinauf, schlug Haken und verpuffte.

Im Wiesenhaus waren wir sicher, auf dem Holzofen brieten wir Kartoffeln mit Zwiebeln und Speck. Wir aßen vom selben Teller. Mit weißen, wie aus einem Zentrum pulsierenden Kreisen und morseartigen Funktönen kündigte sich die Tagesschau an. Manchmal sah ich explodierende Bomben, aufsteigende Flammenwirbel und flüchtende Menschen.

Wir schliefen Rücken an Rücken. Lutts Buckel störte mich nicht. Bevor er ins Bett kam, breitete er immer Zeitungspapier auf dem Boden vor dem Bett aus, worauf er die Nacht über den Schleim seiner asthmakranken Lunge spuckte. Am nächsten Morgen knäuelte er die mit grünen und dunklen Flecken übersäten Blätter zusammen, steckte sie in den Holzofen, um das Feuer zu entfachen.

Nach den Sommerregen durfte ich hinausgehen, ich ließ die letzten Tropfen auf meine Haut prasseln.

Das Regenwasser am Straßenrand war warm und braun und umspülte meine nackten Fesseln wie ein quirliges Tier.

Bevor ich sterbe, muß ich erzählen. Die Erinnerungen halten mich, machen den Abschied aber nicht leichter. Manchmal überkommt mich eine Hitze, die wie ein Glutstrom unterhalb des Magens aufwallt, sich im Brustraum ausdehnt und den Hals hinauf bis ins Hirn steigt. Vor dem Totsein fürchte ich mich bislang selten. Ich fürchte mich vor der Angst, die mich überkommen wird, wenn es ans Sterben geht.

Noch aber bin ich ruhig. Vielleicht sterbe ich nicht sofort. Der Onkologe macht mir vage Hoffnungen. Es sei ernst, aber ich hätte durchaus Chancen. Die vier kleinen Schatten auf der Lunge, keiner von ihnen größer als zwei Millimeter, würden wir uns nach der Chemotherapie genauer anschauen. Die Geschwüre in Darm und Leber seien restlos entfernt. Alles der Reihe nach.

Gutgläubig versuche ich mich von der Zuversicht tragen zu lassen, blende aus, soweit es geht, was kommen mag, und erfreue mich an den freien Tagen zu Hause, auch wenn es mich immer wieder wie ein Riß durchzieht, was mich lähmt und müde macht. Allein im abgedunkelten Wohnzimmer, ausgestreckt auf der Récamière, brechen die Erinnerungen auf, und die Bilder alter Zeiten schnattern wie Superachtfilme in verblichenen Farben vorüber, werden satter im Farbton, verwandeln sich in dreidimensionale Räume, in die ich flüchte, in denen ich Trost suche und Vergessen, und dann sehe ich die Gesichter meiner Geschwister, meiner Cousinen und Vettern, wie wir durch die Tage laufen und über die Obstwiese oberhalb der Stadt.

Im Wiesenhaus war ich meist mit Onkel Lutt allein. Wenn die anderen überhaupt einmal kamen, dann blieben sie nur kurz, wahrscheinlich, weil man dem asthmatischen alten Mann keine ganze Kinderschar zumuten wollte. Ich war der auserwählte Großneffe. Nicht das älteste unter uns Kindern, aber wohl das erste, das greifbar war. Mit mir konnte die Großmutter ihrem Lieblingsbruder in den letzten Lebensjahren das Glück zuteil werden lassen, ein Kind an der Seite zu haben. Ich war ihre Zärtlichkeit dem Bruder gegenüber. Er erwiderte sie durch die väterliche Sorgfalt, mit der er sich um mich kümmerte, und so schaukelte ich jahrelang durch die spätsommerliche Wärme einer Geschwisterliebe.

Zur Verstimmung zwischen den Geschwistern und meinen Eltern kam es, als ich mit vier Jahren den Kindergarten besuchen sollte. Meine Eltern waren der Ansicht, ich müsse unter Gleichaltrige kommen, und meldeten mich, ohne es in der Verwandtschaft anzukündigen, in der katholischen Einrichtung neben der Severinskirche an, womit sie Lutt das Kind entrissen, wie die Großmutter und Lutt selbst es empfunden haben müssen. In der Folge sah ich Lutt zwar seltener, aber immer noch häufig. Mit Beginn der Schulzeit, als ich selbständiger wurde und nachmittags öfter mit Klassenkameraden, vor allem aber mit meinen Brüdern, Vettern und Cousinen spielen wollte, besuchte ich ihn schließlich immer seltener. Es war ein schleichender Übergang, den ich kaum bemerkte. Für mich änderte sich nichts, es kam nur Neues hinzu.

In jener Zeit erlebte ich mein erstes Hochwasser. Der Rhein hatte den gesamten Gerbermarkt überflutet. In Stiefeln wateten die älteren unter uns durch das helle Braun zu Jupps Haus. Nervös krabbelten die kleinen Wellen im Schwarm über das Pflaster und krochen, unaufhaltsam, die Wände hinauf. Es war, als leckten sie an den Mauern, um die Stadt mit ihren myriaden Zünglein zu verzehren. Im Vorraum stand das Wasser schon eine Handspanne hoch. Wir halfen den Erwachsenen, die Werkstatt schnellstmöglich zu räumen, und bildeten dazu eine Kette ins obere Stockwerk. Später schauten wir einigen Männern zu, wie sie das hellblaue Ruderboot aus dem Hof durch das Haus wuchteten und zum Platz hinübertrugen. Ich übernachtete bei Onkel Jupp. In Schlafanzügen legten Monika und ich uns aufeinander. Mehr geschah nicht, weil Jupp und Anni immer wieder ins Schlafzimmer schlichen, um etwas abzustellen oder herauszukramen. Bis spät in die Nacht hörte ich, wie im Haus geräumt wurde. Am Morgen stand das Wasser meterhoch im Erdgeschoß. Im Wohnzimmer war die Luke für den Notausstieg geöffnet. Monika und ich schauten hinaus auf einen braunen, glatten See. Unendlich langsam schien sich das Wasser im Kreis an den Fassaden vorüberzuschieben. Die Aufregung der hungrigen Wellen war vorbei, der Fluß war satt, die Stadt menschenverlassen. Vergessen von der Geschichte. Alles war zum Erliegen gekommen.

In unserer frühen Kindheit spielten wir meistens im Haus der Großmutter, malten mit Wasser statt richtiger Farbe die dunkelrot lackierten Türen des Wirtschaftstraktes an, eines kleineren Anbaus, der gartenseitig im rechten Winkel zum Wohnhaus steht, den Hof begrenzt und in dem sich damals das Außen-WC und mehrere Räume befanden, wo Gartengeräte und Brennholz aufbewahrt wurden. Unter den Pinselstrichen wurden die Türen heller und glänzten im Halbschatten des Birnbaums, der in der Mitte des Hofes stand. Wir erforschten die dunklen Kellergewölbe, tasteten uns blind an den Bruchsteinwänden entlang, glaubten uns zu verirren und waren froh, irgendwann wieder ins warme Tageslicht zu treten. In den Farnwülsten zu beiden Seiten des vom Hof zur Straße hinaufführenden Wegs tauchten wir unter. Wir kletterten auf die zu Baumesstärke angewachsenen Haselnußsträucher und wippten auf den elastischen Ästen. Von den hochgeschossenen Birken aus sahen wir über die Dächer der Stadt bis hin zu den Bergen der Eifel und des Westerwalds.

Wenn sich die Früchte färbten, schlenderten wir über die Obstwiese und durch den Garten und zupften ab, was reif war und am besten schmeckte. Es gab Rhabarber, dessen Stiele wir in Zuckerschalen tunkten und abbissen, es gab Erdbeeren, Rote Johannisbeeren, Schwarze Johannisbeeren, Stachelbeeren, Himbeeren, süße und saure Kirschen und im Spätsommer und Frühherbst Zwetschgen, Birnen und Äpfel, vor allem Äpfel, Bohnapfel, Krummstiel, Winterrambur, Boskoop, Renette und Berlepsch. Als wir klein waren, stiegen die Erwachsenen Holzleitern hinauf und ließen die gefüllten Eimer an einem Seil nach unten. Die Äpfel zum Einkellern legten wir einzeln in Holzkisten, die, die zu Gelee oder Saft verarbeitet werden sollten, schütteten wir in Zinkwannen. Später durften wir selbst hinaufklettern, bis hoch in die Wipfel, und uns freihändig nach den Früchten recken. Wir ließen keine aus. Ein Apfel, eine einzelne Birne oder Kirsche war einen Balanceakt in fünf Metern Höhe wert.

Der Birnbaum in der Mitte des Hofs wurde nicht abgeerntet. Er war zu groß und zu alt, und unsere Eltern dachten, die weit ausladenden Äste könnten unter dem Gewicht der Leiter und Pflücker brechen.

Und so reiften die Birnen am Baum, zerbarsten auf den Steinplatten und lockten als breiige Masse die Wespen in Scharen.

Wochenlang duftete es in der Erntezeit im Haus nach den Säuren der entsafteten Beeren, nach Gewürzen und Gelierzucker für die Gelees, Marmeladen und Muse. Die mit Holzlöffeln abgetragenen Schaumschichten aus den blubbernden Töpfen bekamen wir auf Untertassen, ließen sie abkühlen und leckten sie mit der Zunge auf. Ich erinnere mich noch gut, am schönsten war der Augenblick, wenn aus dem Schlauch des Entsafters die ersten Tropfen austraten und in die Schüssel darunter fielen. Dunkelrot floß der Saft der Schwarzen Johannisbeere zäh wie Blut.

Als Spielareal verboten war uns irgendwann der Bürgersteig vor dem Haus. Vor allem die Mauerbachstraße durften wir nicht mehr überqueren. Das Verbot war plötzlich gekommen. Zuvor waren wir immer wieder auf die andere Seite gelaufen und hatten bei Ewi, der Inhaberin des Lebensmittelladens, Teufelchen und Salinos oder auch Butter oder Salz oder Reis auf Bestellung meiner Mutter oder der Großmutter gekauft. Wenn wir uns langweilten, schickte man uns zur Straße, die Autos zählen. Eines Tages hörten wir einen Knall. Wir liefen nach oben, entdeckten einen Steinwurf entfernt ein mitten auf der Straße stehendes Auto und dahinter eine Menschengruppe. Wir liefen weiter, drückten uns an den Beinen vorbei nach vorn und sahen das Nachbarmädchen auf der Straße liegen, das Gesicht von Haaren bedeckt, der Kopf blutumrahmt. Der Krankenwagen nahm das Mädchen mit. Von seinem Tod erfuhren wir erst Wochen später.

Benommen setzten wir an jenem Tag unsere Spiele im Hof fort. Am Nachmittag tauchte Jupp auf. Wir stürzten uns auf ihn, er verteilte Kopfnüsse und setzte eine Belohnung über fünf Mark für den Mutigsten unter uns aus. Jupps Gesicht verriet Abenteuerlust. Er freute sich über den Empfang, den wir Kinder ihm wie keinem anderen bereiteten, und zugleich führte er etwas im Schilde. Er hielt die Münze in die Luft, ließ uns unterhalb der Hofbank auf der Wiese in einer Reihe antreten und auf Kommando den Hang hinunterlaufen bis zum Zaun und wieder zurück. Die Wiese war nicht vollständig gemäht, und vor dem Zaun stand eine Brennesselkolonie. Wir trugen alle kurze Lederhosen und am Oberkörper, wenn überhaupt etwas, ein Unterhemd. Ich versuchte, mich an den beißenden Blättern vorbeizulavieren, tat, als alle Vorsicht nichts nutzte, einen Sprung zum Zaun, schlug an, rannte zurück und kam gleichzeitig mit Thomas und Martin und übersät von roten Pickeln bei Jupp an. Die anderen hatten aufgegeben. Der Brand trieb uns Tränen in die Augen, und Jupp drückte uns tröstend an sich. Alle drei wurden wir seine erstbesten Freunde und waren stolz. Jupp gab jedem ein Fünfmarkstück, sammelte die Münzen aber zur Sicherheit wieder ein, damit wir sie nicht verlieren, und versprach, sie uns beim nächsten Kneipenbesuch wieder auszuhändigen. Wir spuckten uns in die Hände und verteilten den Speichel auf der Haut.

In der Küche der Großmutter schoben wir unsere Köpfe in die Nische über dem Spülstein und tranken das kalte Leitungswasser direkt aus dem Hahn. Als meine Mutter und die Großmutter den Ausschlag an unseren Beinen sahen und erfuhren, was geschehen war, schimpften sie mit Jupp, ob er noch bei Trost sei, er solle sich doch einmal anschauen, was er angerichtet habe, worauf Jupp gar nicht reagierte. Wir setzten uns an den gedeckten Kaffeetisch, waren zufrieden und verschnauften. Der Schmerz wurde zum Jucken, das Jucken zum warmen Pochen, das bald verschwand. Wir aßen Brot mit Butter und frischer Marmelade. Doch plötzlich packte Jupp Georg, legte ihn sich bäuchlings übers Knie, zog ihm die Hosen runter, klatschte ihm einen Löffel mit Marmelade in die Poritze, zog die Hosen wieder hoch und setzte ihn ab. Während uns das Gelächter schüttelte, zeigte meine Mutter ihrem Bruder einen Vogel. Ich schämte mich für den Spaß. Georg wich meinem Blick aus. Er wollte tun, als wäre nichts geschehen. Warum ich nicht zu ihm ging, ihm einen Arm um die Schultern legte, weiß ich nicht, aber zum ersten Mal beschlich mich dem Onkel gegenüber ein Anflug von Mißtrauen, dem ich aber nicht glauben wollte. Ich lief mit den anderen nach draußen, um Ablenkung zu finden.

Auf den Kiesflächen im Hof spielten wir sommers gern Krieg. Mit Hunderten winziger Soldaten aus grünem Kunststoff, mit Mannschaftswagen, deren Planen man abnehmen konnte, um darunter Soldaten zur Fahrt an die Front zu verstauen, mit Panzern und Artillerie, aus deren Rohren wir Streichhölzer auf die gegnerischen Linien schossen. Später zündeten wir die Streichhölzer vor dem Schuß an. Manchmal gingen die getroffenen Soldaten in Flammen auf. Dann feuerten wir kleine Sylvesterkracher auf den Feind. Die explodierenden Geschosse rissen Dutzende in den Tod.

Vom wirklichen Krieg wußten wir nichts. Nur in Lutts Fernseher war er vor meinen Augen aufgetaucht, als die Feuerwolken der Napalmbomben über Waldungen aufquollen und angstverzerrte Gesichter in die Kamera schauten. Damals hatte ich den Krieg nicht erkannt. Und heute gab es ihn nur noch als Spiel, und wir konnten ihn jederzeit beenden und etwas Neues beginnen. Auch der Tod war so gut wie fort. Nur in Ausnahmefällen schlug er noch zu, wie beim Nachbarmädchen, das wir kaum gekannt und nur selten gesehen hatten. Die Erwachsenen waren erschrocken. Aber wir wußten, uns würde er nicht erwischen.

Tiere allerdings starben viele. Unzählige Fische sahen wir zappeln, bevor sie schließlich aufhörten zu atmen. Außerdem gab es einen Jäger in der Familie, Onkel Freddi. Der Waffenschrank stand im Elternschlafzimmer. Er sah aus wie ein Tresor, darin verborgen waren die Gewehre, Pistolen und Messer. Manchmal schloß Freddi den Waffenschrank auf und zeigte uns Kindern sein Arsenal. Am Wochenende ging er noch vor Sonnenaufgang auf die Jagd. Seine Trophäen, die Geweihe von Böcken, die Hauer von Ebern und die Pfoten von Hasen und Füchsen, hingen im Wohn- und Eßzimmer. Auf dem Boden lagen die Felle zweier Wildschweine. Freddi wies auf die Einschußlöcher. Wir bohrten unsere Finger hinein.

Einmal haben Thomas und ich ihn zur Jagd begleitet. Die Morgendämmerung kroch über die Felder, aber Wildtiere erschienen keine. Thomas und ich hielten es eine Weile auf dem Hochsitz aus und bekamen schließlich die Erlaubnis, leise zu Lauser, dem Rauhaardackel, hinunterzuklettern und uns ins Getreidefeld zu legen. Wir schmiegten uns an das Tier, weil wir froren. Als uns wieder wärmer war, erzählten wir uns Geschichten. Wir flüsterten und kicherten, bis Freddi uns mit einem Schnalzer ermahnte. Den Gewehrschuß, der bald darauf losging, sollte ich noch bis zum Abend im Ohr haben. Der Hund sprang auf, und wir folgten ihm hin zum Hasen, dessen Schädel in Fetzen am Leib hing.

In Freddis Kellerwaschküche baumelte oft ausgeweidetes Wild von der Decke. Das pechrote Blut tropfte in Plastikwannen. Aufgebrochen hat er das Wild bis auf das Geflügel immer schon im Wald. Die Mägen, das Gedärm, Niere und Leber überließ er dem Fuchs zum Fraß. War das Wild im Keller nach Tagen ausgeblutet, zog Freddi ihm das Fell ab. Die Augen der gehäuteten Tiere schienen mir nicht mehr so leblos wie zuvor, als die Körper, noch mit Fell, kopfunter von der Kellerdecke gehangen hatten. Jetzt, nackt und blutig, wirkten die Augäpfel groß und klar, als sähen sie uns an. Freddis Schlächterwerk, das er konzentriert und schwitzend vollzog, kam mir wie eine Untat vor. Erst als die Glieder getrennt, die Köpfe in einem Bottich entsorgt und die Portionen zum Einfrieren vorbereitet waren, konnte ich in den Tieren die Lebensmittel sehen, die der Onkel für uns aus dem Wald geholt hatte.

Freddis Waffen kamen nicht nur draußen, sondern auch daheim zum Einsatz. Einmal soll er mit einer Pistole einem Einbrecher bis auf die Straße gefolgt sein. Und er schoß auf Vögel im Garten. Eines Tages erwischte es einen Rabenschwarm. Dieser durchhackte gerade das Blumenbeet nach Würmern. Die meisten Vögel flüchteten rechtzeitig, nur der kleinste blieb zwischen den Pflanzen liegen und flatterte vergeblich. Wir fingen ihn ein, Freddi band den verletzten Flügel mit einer Mullbinde an den Tierkörper, der zitterte und sich immer wieder aufbäumte gegen die Hilfe und die streichelnden Kinderhände. Wir gaben dem Raben Würmer und Maden, Brot, Käse und Wasser und tauften ihn. Köbes wurde gesund, bald konnte er wieder fliegen, danach besuchte er uns beinahe täglich. Er schien uns immer im Blick zu haben, gleich, wo wir gerade herumzogen. Einmal flog er durch Großmutters geöffnetes Küchenfenster und zog die rohe Bratwurstkette nach draußen, bis er von meiner Mutter entdeckt und verscheucht wurde. An einem Sonntag ließ er sich auf dem Kaffeetisch in Freddis Hof nieder und kackte einer schnatternden Nachbarin in die Tasse. Wenn wir in Jupps Käfer steigen wollten, saß Köbes längst auf dem Lenkrad. Auf unseren Kriegsfeldern landete er nur, um sich einen Soldaten zu schnappen und mit diesem davonzufliegen.

Als Köbes schon lange wieder gesund war, schoß Freddi mit einem Luftgewehr auf Schwalben, die ihre Lehmnester am Dachgiebel bauen wollten. Lauser apportierte die toten Vögel. Einen hob ich auf und hielt ihn in der Hand. Er war warm und weich, sein Kopf zur Seite abgeknickt. Ich weinte, und Freddi versprach, keine Vögel mehr zu schießen. Soweit ich weiß, hat er sein Versprechen nicht gebrochen.

Vor Freddi hatte ich Respekt, ein wenig fürchtete

ich mich vor ihm. Er konnte laut werden und mit seiner Frau und seinen Kindern heftig schimpfen. Er war ein großer und starker Mann. Seine Brauen schwangen über den Schläfen wie beim Uhu leicht nach oben. Er war von Beruf Betriebsschlosser und leitete die Maschinenwerkstätte der Schiefer-AG, wo schon mein Urgroßvater als Meister tätig gewesen war, und auch Georg sollte dort in die Lehre gehen. Sosehr sich Freddi jedoch ärgern und grob werden konnte, so zärtlich nahm er seine Kinder in den Arm. Vor allem seine Tochter Sabine zog er gern auf den Schoß, wiegte sie und streichelte ihr über den Kopf und das lange dunkle Haar und nannte sie *ming Schlummermüttersche*.

Freddis Haus hatte etwas Höhlenartiges, was nicht nur vom massiven Mauerwerk und den kleinen Fenstern herrührte. Auch die Einrichtung trug dazu bei, die Eichenmöbel mit ihrem mittelalterlichen Zierat, der Wohnzimmerschrank mit Rembrandts *Nachtwache* als Relief, die Jagdtrophäen und das fensterlose, hölzerne Treppenhaus zum oberen Stockwerk, wo sich die Schlafzimmer befanden. Der süßliche Duft überreifer Früchte ging von ihnen aus. Auch die Bettdecken und Kopfkissen in den Kinderzimmern rochen so, nach Haut, Schweiß, Schlaf und Wind, der am Morgen durch die geöffneten Fenster in die Zimmer strömte.

Aus einem Korb im Elternschlafzimmer quoll die

Schmutzwäsche. Unterhemden und Unterhosen mit ihren verschiedenfarbigen Flecken lagen sichtbar herum. Im Schritt einer Unterhose der Tante sah ich eine fast schwarze Spur, die ich Thomas gegenüber als *Driß* bezeichnete. Er sah sich den Fleck genauer an und meinte, es wäre kein Kot, sondern Menstruationsblut. Neben dem Waffenschrank führte eine Tür zur Dachbodentreppe. Im Sommer wurde es dort oben sehr heiß. Eine winzige Dachluke ließ ein spärliches Licht herein. Manchmal zogen wir uns aus und drückten unsere Körper im Pulk zusammen. Die Mädchen schauten nur zu.

Dunkle Räume, in die wenig Licht fiel. Verschwiegene Zimmer, in denen die Schatten der Fenstersprossen über Wände krochen. Eine Stille drang aus den Mauern der Häuser, als hätten sie die Ruhe der Jahrhunderte in sich aufgesogen. Selbst als der Autoverkehr in der Stadt langsam zunahm, war sie noch spürbar. Die Oberhand gewann der Lärm erst in den späten siebziger Jahren und verdrängte den leisen Atem der Zeit. Aber da war meine Kindheit längst zu Ende.

Meine Eltern bewohnten seit ihrer Hochzeit die beiden oberen Etagen im Haus der Großmutter. Im ersten Stock befanden sich das Wohnzimmer und die Eßküche, im zweiten die Schlafzimmer, eines für die Eltern, zwei für uns Kinder. Ein Bad und eine Toilette gab es nicht. Deren Einbau hatte die Großmutter während der Vorbereitung zum Einzug verhindert. Waschen könne man sich auch in der Küche, und eine Toilette rieche man im ganzen Haus, meinte sie. Und so mußte man durch die Küche der Großmutter im Erdgeschoß gehen, dann durch den hofseitigen Windfang nach draußen an der Hauswand entlang die Hoftreppe hinab zum WC im Anbau, der einzigen Toilette für alle Hausbewohner. Die Tür hatte oben und unten breite Lüftungsschlitze. Im Winter wurden die Eispfropfen im Abfluß mit heißem Wasser gelöst, das zugleich zur Spülung diente, weil auch der Wasserkasten unterhalb der Decke zugefroren war.

Wegen des Straßenverkehrs und weil sie für sich allein weniger Platz brauchte, hatte die Großmutter den Zimmern auf der Straßenseite des Hauses den Rücken gekehrt und sich schließlich, von ihrem kleinen Schlafzimmer im ersten Stock abgesehen, in die beiden hofseitigen Räume im Erdgeschoß zurückgezogen, in eine Küche und ein Wohnzimmerchen mit Holzofen, Sofa und Radio, das später durch einen Fernseher ergänzt wurde, einen Sessel und einen schwarzen Eckschrank. Die Möbel standen dicht beieinander. Im Eckschrank waren die Bücher des verstorbenen Großvaters untergebracht. Bücher aus dem Bertelsmann Buchclub, von Felix Dahns *Die Eroberung von Rom* über Franz Werfels *Die vierzig Tage des Musa Dagh* bis Ernest Hemingways *Wem die Stunde schlägt* und Jack Londons *Der Seewolf*. Als Jugendlicher begann ich, sie zu lesen.

An der Wand über dem Sofa hing ein wundersames Bild. Wenn man davor stand, sah man eine mit dem Kopf nach unten fliegende Taube, bewegte man den Kopf nach links, erschien das Gesicht Gottvaters, und drehte man sich nach rechts, das Gesicht des Sohnes. Den Lamellenaufbau des Dreifaltigkeitsbildnisses entdeckte ich Jahre später. Im Schlafzimmer der Großmutter stand ein Tisch voller Heiligenfiguren. Wie ein Empfangskomitee begrüßten sie mich und verlangsamten meinen Schritt, wenn ich den Raum betrat. In der ersten Reihe standen die Frauen. Zu ihnen gehörten die heilige Therese von Lisieux, die alles liebte, weil der liebe Gott es geschaffen hatte, wie mir die Großmutter erklärte, und die heilige Teresa von Ávila, die den Schmerzensmann und die Hölle sah. In der zweiten Reihe waren die Männer postiert, unter anderem der heilige Antonius, der den Fischen predigte, der heilige Josef, der Maria und Jesus vor dem Zorn des Herodes nach Ägypten rettete, und der heilige Nepomuk aus weißem Gips. Auf dem Kopf trug er einen Vikarshut, den fünf Sterne schmückten, weil Nepomuk auch unter Folter das Beichtgeheimnis nicht verraten hatte und um seinen in der Moldau treibenden Leichnam fünf Flammen züngelten.

Schatten bewegten sich im Kerzenschein auf den

Gesichtern der Figuren. Eine Ehrfurcht überkam mich, daß ich meine Unbefangenheit verlor und etwas Scheues, fast Linkisches in mir wachsen spürte.

Meine Großmutter pflegte mitunter ein pragmatisches Verhältnis zu den Heiligen. Wenn sie etwas suchte, ging sie in die Knie, neigte den Oberkörper nach vorn und rief den heiligen Antonius an, der für das Wiederauffinden verlorener Gegenstände zuständig war: *Antonius, flück, flück, flück, maach ding Meisterstück!* Wenn sie das Gesuchte fand, dankte sie dem Heiligen und warf uns einen triumphierenden Blick zu. Fand sie es nicht, hatte Antonius keine Lust gehabt, ihr zu helfen.

Wenn sich die Großmutter nicht gut fühlte, trank sie von ihrem Lourdes-Wasser. Sie sprach den französischen Marienwallfahrtsort nicht französisch aus, sondern deutsch, *Lurdes*. Das in Plastikflaschen angelieferte Wasser würde direkt an der heiligen Quelle abgefüllt, erklärte sie mir. Dort sei die Gottesmutter vor Jahren drei Hirtenkindern erschienen und habe vor Not und Krieg gewarnt. Das Wasser in den Flaschen werde nie schlecht. Großmutter ließ mich riechen und kosten, und es roch und schmeckte so frisch wie das Süßwasser aus der Quelle unterhalb des Wiesenhauses, obwohl die Flasche bereits halb leer war und schon vor Wochen geöffnet worden sein mußte. Daß es nicht verdarb, konnte nur ein Zeichen seiner Heiligkeit sein.

Meine Großmutter betete viel. Das Schönste, was es gebe, seien betende Hände, sagte sie immer, und dann faltete sie vor meinen Augen langsam ihre eigenen wie für die Szene eines Stummfilms. Dabei beobachteten ihre Äuglein das Ineinandergreifen der alten Finger und das Kreuzen der Daumen mit Staunen und Verzückung, als wären es Vorgänge, die sie an sich geschehen ließ, die sich an ihr ereigneten.

Dienen war für meine Großmutter eine Lebenshaltung. Darin fand die Welt zu sich selbst. Als Mädchen und junge Frau hatte sie ihren Eltern und Brüdern gedient, als Ehefrau und Mutter ihrem Mann und ihren Kindern. Da ihr auf natürliche Weise die Rolle des Familienoberhauptes zufiel, verstand sie sogar ihre Aufsicht über die richtigen Verhaltensweisen und rechten Lebenswege der Mitglieder des ihr anvertrauten Clans als einen Akt des Dienens.

Manchmal, wenn sie uns Kinder essen sah, traten ihr Tränen in die Augen. Unser Hunger, unser Durst, unsere Gier rührten sie. *Lurens, dä arme Stumpes*, sagte sie dann und wies mit dem Kinn auf einen von uns. Das Tischgebet stimmte sie nicht nur an, wenn sie auftrug, sondern auch, während sie den Brotlaib unterm Arm in Scheiben schnitt. Zuvor hatte sie ihn mit dem Messer gesegnet. Zu den Brotzeiten gab es gesalzene Butter. Großmutter nannte sie *Krützjesbotter*. Die bei Ewi im Laden gegenüber gekauften Butterstücke bestreute sie mit Salz, knetete sie zu

Klumpen, die sie in Tontöpfe verteilte. In die glattgestrichene Oberfläche ritzte sie mit dem Daumennagel ein Kreuz und lagerte die Behälter bis zum Verzehr im Keller. Ein Kühlschrank kam ihr nicht ins Haus. Einfach zu leben war meiner Großmutter eine Tugend. Auch wenn sie mehr Geld gehabt hätte, viel verändert hätte es nicht, vermute ich. Wenn nichts mehr da war, wurden die Dinge schön. Räumt alles fort, damit ich mehr sehe, schien ihre Wohnung zu sagen, wobei das Wort Wohnung schon zu sehr nach Einrichtung klingt. Denn meine Großmutter war nicht eingerichtet. In den seit Jahrzehnten nicht mehr renovierten Zimmern standen zusammengewürfelt lediglich die nötigsten Möbel. Zum Schluß besaß sie eine einzige Kaffeekanne, in die Kaffee für zwei Tassen paßte. Dieser letzten Kanne fehlte der Deckel, und an der Ausgußöffnung war eine Ecke herausgebrochen. Mit braunen Blättern war das eierschalenfarbene Gefäß verziert. Es hätte auch in einem Keramikmuseum stehen können.

Einen Luxus aber erlaubte sie sich, sie trank Wein. Vor allem Rotwein von einem Gut im Nachbarort. Der Weinberg, von dem die Trauben stammten, hieß Katharinenberg, und Katharina hieß auch meine Großmutter, wie die Heilige aus Siena, das dreiundzwanzigste Kind eines Wollfärbers, das, als es groß war, den Papst beraten habe, wie Großmutter erzählte. Der Wein vom Katharinenberg sei für sie wie Medizin, erklärte sie, ein Gläschen am Vormittag, eine Tasse voll am Abend. Den Abendwein erhitzte sie, süßte ihn mit Zucker und schlug, kurz bevor sie den Topf vom Gasherd nahm, ein rohes Ei hinein, das sie mit einem Schneebesen verquirlte. Für die Nacht goß sie in ihrer braunblättrigen Kanne Filterkaffee auf und füllte ihn in eine Thermoskanne um. Wenn sie am frühen Morgen noch im Dunkeln aufwachte, trank sie auf der Bettkante sitzend eine Tasse heißen schwarzen Kaffee und aß dazu Zwieback. Danach konnte sie gut weiterschlafen.

Selbst als Großmutter irgendwann das Bett nicht mehr verlassen konnte, hielt sie an ihren Gewohnheiten fest. Tante Lisa kümmerte sich. Zwischenzeitlich war sie mit ihrer Familie eingezogen, ihr war das Haus überschrieben worden, meine Mutter und Jupp hatte sie ausbezahlt. Vor dem Einzug war kernsaniert worden, und Großmutter wechselte in ihr altes Zimmer nach oben, dorthin, wo früher ihr Ehebett gestanden hatte. Meine Mutter und ihre Geschwister waren darin zur Welt gekommen, der Großvater darin gestorben. Am Abend war er noch mit meiner Mutter im Kino gewesen. Sie sahen einen Film über Albert Schweitzers Leprakrankenhaus in Afrika. In der Nacht erlitt der Großvater einen Herzinfarkt. Brustschmerzen. Angst. Arzt. Tod. Wie schnell es zu Ende gehen kann.

An manchen Tagen hat sich meine Großmutter

gegen ihr eigenes Ende gewehrt. In den Wochen vor ihrem Tod schwitzte sie häufig, und das Handtuch, das ihr Lisa am Abend neben das Kopfkissen legte, war am Morgen von Schweiß durchnäßt. Einmal lag es auf dem Boden, trocken, steif und kalt, mit riesiger Kraft zu einem Wulst gewrungen, hart wie ein Tau.

Aber das Sterben der Großmutter war eigentlich kein Sterben. Sie verlosch, auch wenn sie sich mitunter wehrte. Sie lag im Bett, wurde schweigsamer, Monat für Monat, Woche für Woche. Sie aß weniger, trank ihren Wein am Morgen und am Abend, den Kaffee in der Nacht, am Zwieback knabberte sie nur noch. Sie berührte die Heiligenfiguren auf dem Altar neben ihrem Bett, nippte am Lurdeswasser und murmelte Sätze, die sie schon oft gesagt hatte, und als sie nicht mehr sprechen konnte, schimmerten ihre Augen mal dankbar, mal heiter, ergeben, dann wieder ein wenig traurig, oder sie blitzten auf voller Zorn und Angst. Großmutter spürte, daß sie verging und nichts tun konnte.

Bevor ich sterbe, muß ich erzählen. Die Giftcocktails gegen den Tod machen mich krank. Was mich retten soll, schwächt mich und saugt mir die Zuversicht aus dem Leib. Ich hasse den Quallenlaich in meiner Lunge. Stundenlang liege ich ausgestreckt im Schatten des Raums, der die Schritte dämpft, die Stimmen nebenan, jedes lebendige Geräusch.

Elendpause. Heute mittag hörte ich das nicht enden wollende Klingeln eines Fahrrads. Ich schaute hinaus und entdeckte den kleinen Malte aus der Nachbarschaft, wie er sein altes Rad mit plattem Hinterreifen über die Parkwiese schob. Maltes Eltern wohnen ein paar Häuser weiter. Seine Mutter arbeitet in einem Supermarkt in der Kölner Südstadt, der Vater ist Künstler. Er malt rote Bilder und komponiert Geräuschmusik am Computer. Unsere Kinder haben denselben Kindergarten besucht, dort lernten wir uns kennen, und wir sahen, wie Malte das Leben seiner Eltern stört. Ich klopfte ans Fenster, aber er hörte mich nicht.

Manchmal dämmere ich nur vor mich hin und denke an nichts. Auch wenn es zwickt oder brennt oder der Beutel am Seitenausgang drückt, vor dem mich angesichts der schmutzigen Körpermaschine immer noch ekelt, dann fühle ich mich manchmal trotz allem in den homöopathisch verdünnten Gerüchen des gewachsten Holzbodens, des Brotes, der erhitzten Öle und des köchelnden Obstes aus der Küche, der Shampoos und Körperlotionen aus dem Bad und der atmenden Körper meiner Frau und meiner Töchter wie eingehüllt in einen Kokon, der auf Dauer angelegt ist, er würde bleiben, selbst wenn die Gerüche vergingen.

Im Tod schließen die Menschen mit uns ab, glaube ich. Die Großmutter entzog sich meiner Liebe, und ich blieb allein. Als sie im Sarg vor dem Altar lag und ich neben ihr saß, fühlten wir uns einander fremd, wenn man das über das Verhältnis zwischen einem verstorbenen und noch lebenden Menschen so sagen kann.

Jahre zuvor hatte mir Großmutter noch sehr viel anvertraut. Ich studierte damals in B., war aber nach dem Grundstudium wieder nach R. zurückgekehrt, hatte das verwaiste Wiesenhaus bezogen und fuhr morgens mit dem Zug, hin und wieder auch mit dem Fahrrad, am Rhein entlang zur Universität. In dieser Zeit, Mitte der achtziger Jahre, zog Großmutter für zwei Wochen zu mir ins Wiesenhaus, während ihr eigenes Heim von Freddi und seinen Söhnen umgebaut wurde. Sie schlief in meinem Bett, das dort stand, wo auch Lutts Bett gestanden hatte. Ich schlief im Kaminzimmer nebenan auf dem Sofa. Wenn ich tagsüber las und schrieb, spazierte sie ums Haus, über die Obstwiese, kauerte draußen auf der Bank vor dem großen Fenster und sah zum Luisenberg hinüber und ins Tal. An einem dieser Tage geschah es, daß sich während ihres Mittagsschlafs das vom Blattwerk gedämpfte Licht in den Zimmern plötzlich veränderte. Es wurde nicht wesentlich heller, aber die Farben begannen zu leuchten, die Dinge selbst erstrahlten, die Steine des Kamins, die Musterung des Tapetenstreifens oberhalb der Holzvertäfelung und das Nußholz. Sogar die Luft in den Räumen begann zu flimmern. Und draußen in den Bäumen flammte das Chlorophyll förmlich auf. Ich schnappte mir den Fotoapparat, mit dem ich bereits einige Male die um das Wiesenhaus spazierende und trotz des Sommers in Mantel und Hut gekleidete Großmutter aufgenommen hatte, rannte zur Straße und machte jenes Foto, das jetzt auf der Fensterbank steht: blutrot die Bank unterm blitzenden Panoramafenster, kristallweiß die gekalkte Fassade und drum herum, unter schwerem Gewölk, die im aufziehenden Sturm wogenden Blättermassen. Ich drückte den Auslöser, sah noch drei, vier Sekunden gebannt durch das Objektiv und brachte mich rechtzeitig vor den ersten Tropfen des einbrechenden Sommergewitters in Sicherheit.

Die Großmutter erwachte vom Donner. Wir standen am offenen Fenster, und sie begann zu erzählen, den ganzen Nachmittag lang und über das Abendessen hinaus. Sie erzählte Geschichten aus ihrem Leben, die ich schon häufiger gehört hatte, und andere, die ich noch nicht kannte. Auch von Lutt sprach sie und seiner Traurigkeit. Denn er war nicht nur ein schweigsamer Mensch gewesen, sondern auch ein ernster. Ich kann mich nicht daran erinnern, ihn jemals lachen gesehen zu haben. Schwer atmete er unter dem kleinen Buckel, der seine Hemden und Jacken unterhalb des Nackens zu einem Höcker wölbte. Einen großen Kummer trug er mit sich, so hatte ich es schon als Kind empfunden. Als trauriger Mensch sei Lutt aus der japanischen Gefangenschaft zurückgekehrt, sagte die Großmutter. Und während sie sprach, ging mir auf, woran er so oft gedacht haben mußte.

Als er schon Sattler war, heuerte Lutt vor dem Ersten Weltkrieg bei der Marinefeldartillerie an. Das Kanonenschiff kreuzte im Chinesischen Meer und ging im Hafen des deutschen Gouvernements Kiautschou vor Anker. *Wenn man von See auf die Hafenstadt Tsingtau zukommt, sieht man sich in ein modernes deutsches Seebad versetzt*, schrieb Lutt in einem seiner Briefe an die Familie. Meine Großmutter sammelte sie alle, kurz vor ihrem Tod schenkte sie mir eine Zigarrenschachtel mit zahlreichen Ansichtskarten, Feldpostkarten und Briefen. Sie überreichte mir die Schachtel wie einen Schrein und streichelte ihn bei der Übergabe mit ihrer Rechten.

Die Berge sind mehr als tausend Meter hoch, früher, wie die älteren Kameraden berichten, waren alle grau und kahl. Heute sind sie dank unserer Aufforstung mit dichten Kiefern und Fichten bestanden. Viele Rehe, Hasen und Fasane, aus Deutschland importiert, beleben den Wald. Es wurde ein längerer Landaufenthalt, bei dem Lutt sich um die Sättel und das Zaumzeug der Kavallerie, um das Zuggeschirr der Kanonenpferde und die Zeltausrüstungen der Soldaten kümmerte. In seiner freien Zeit schlenderte er durch *das sehr schöne und malerische Städtchen* mit seinen *breiten Asphaltstraßen, schönen Grünanlagen und herrschaftlichen Wohnhäusern.* Der Hafen sei *hervorragend geschützt und großzügig angelegt* gewesen, die Werftanlagen mit Lagerschuppen und Schwimmdock *zeitgemäß*, und überall herrschte natürlich *peinlichste Sauberkeit*, wie er schrieb, *alles atmet Wohlstand und Aufblühen. Wir können mit Recht stolz sein auf unsere Leistungen und kolonialen Erfolge, Tsingtau ist einer der hervorragendsten Orte in Ostasien mit einer noch größeren Aussicht für die Zukunft.*

Früher habe ich die Postkarten und Briefe nie sorgfältig gelesen, allenfalls überflogen. Erst heute merke ich, wie schwer Lutts Schrift oft zu entziffern ist. Vorhin las ich, daß es nur die vielen *Kulis und Rikschafahrer* gewesen seien, die Lutt daran erinnert hätten, nicht an der deutschen Küste, sondern im Norden Chinas zu sein. Was weiterhin geschah, war in der Familie lange Zeit nur in Ausschnitten bekannt, so etwa Lutts Freundschaft mit einem der Offiziere, einem Arzt aus Hamburg, der Strehlemann hieß. Er war ein leidenschaftlicher Tennisspieler. In Tsingtau sorgte er dafür, daß die Sportanlagen um mehrere Tennisplätze ergänzt wurden. Lutt war ihm bei der Organisation und Durchführung der Pläne behilflich und nähte aus Fischernetzen und Lederbändern seiner Feldwerkstatt die Tennisnetze. Zum Dank brachte Strehlemann ihm das Spielen bei. Beinahe jeden Tag standen sie auf dem Platz. Wenn sie nicht spielten oder planten und Lutt frei hatte, setzte er seine Erkundungszüge durch die Stadt fort. Dabei suchte er immer wieder und immer häufiger jenes chinesische Warenhaus auf, wo er die Fischernetze gefunden hatte und wo es neben Fischereibedarf auch landwirtschaftliches Gerät und Handwerkszeug zu kaufen gab. Nebenbei unterhielt das Warenhaus eine kleine Tee- und Garküche. Dort ließ er sich bald täglich nieder und bestellte etwas, irgendwas, denn die junge Chinesin, die ihn bediente, gefiel ihm sehr, was, die Großmutter ausgenommen, weder in der Familie bekannt war, noch mit auch nur einer Zeile in den Briefen und Postkarten erwähnt wird. Lutt vertraute es, als der Krieg vorbei war, seiner Schwester an, die es wiederum mir erzählte. Die Chinesin, die ihn bediente, war die schönste Frau, die Lutt, wie er sagte, je in seinem Leben gesehen hatte, zierlich, mit einem offenen, weiten Gesicht, mit schön geschwungenen Lippen, großen Augen und Haar *schwarz wie Ebenholz*. Sie war die Tochter des Waren- und Teehausinhabers, mit dem Lutt nach seinen zahlreichen Einkäufen ins Gespräch gekommen war, vor allem aber, seit er ihm bei der Reparatur eines Ledersitzes der geschäftseigenen Transportrikscha geholfen hatte. Der Händler hieß Hu Zhimo. Er sprach ein gut verständliches Deutsch und freute sich, wenn der junge Soldat sein Geschäft aufsuchte. Hu Zhimos Tochter hieß Hu Li. Sie trug dunkle Gewänder und bewegte sich mit winzigen flinken Schritten, wobei ihre Füße unter dem Saum der Stoffe unsichtbar blieben. Wenn sie den Tee auftrug und sich mit dem Tablett wieder zum Tresen oder zur Kasse, für die sie ebenfalls verantwortlich war, zurückbewegte, schien die junge Frau zu schweben.

Lutt entwickelte sich offensichtlich zu einem recht ordentlichen Tennisspieler, denn Strehlemann nahm ihn in die größtenteils mit Offizieren besetzte Turniermannschaft auf. Seinen Tennisschläger aus Holz mit Darmbespannung kaufte Lutt bei Herrn Hu, der einen Lieferanten aus Shanghai gefunden hatte, mit dessen Waren er nach und nach die Tennisspieler von ganz Tsingtau versorgte. Der chinesische Schläger hing lange Zeit im Wiesenhaus und später bei Jupp am Gerbermarkt.

Wenn Lutt in Herrn Hus Teeküche saß, bestellte er mehr, als er trinken konnte. Eines Tages beobachtete er, wie Hu Li schon darauf wartete, ihm endlich eine weitere Tasse bringen zu können. Sie hatte bereits alles vorbereitet und war, als Lutt nickte, sogleich zur Stelle. Lutt sah ihr zum ersten Mal in die Augen, und sie schaute zurück.

Einige Tage später wechselten sie die ersten Worte. Als Lutt seinen Tee bekam, dankte er auf chinesisch, *xiexie!* Sie lächelte und sagte, *buyongxie!*

Auf den neuen Tennisplätzen trainierte Lutt eifrig, auch im Doppel und mit wechselnden Spielern. Strehlemann lieh ihm Geld für eine angemessene Tennismontur. Die weißen Hosen und das weiße Hemd ließ Lutt von einem chinesischen Schneider nähen, den Hu Zhimo ihm empfohlen hatte. Die passenden weißen Schuhe bestellte Lutt bei Herrn Hu selbst und lud ihn und seine Tochter zum bevorstehenden großen Turnier ein. Es war ein warmer, aber nicht zu heißer Sommertag im Jahr 1914. Vater und Tochter saßen im Publikum. Das Strehlemann-Team wurde Zweiter, Hu Li freute sich und applaudierte begeistert.

Bei seinen nächsten Besuchen zeigte er ihr aus Deutschland mitgebrachte Fotografien, von der Familie, der Stadt, vom Rhein, woraufhin sie zu erzählen anfing. Und auch wenn Lutt fast nichts verstand, hörte er ihr gern zu. Gegenseitig brachten sie sich

Wörter bei, Stunden hätten sie so verbringen können, aber Lutt hatte nur wenig Freizeit. Wo ihre Mutter sei, ob sie Verwandte besuche oder schon verstorben sei, wollte er fragen, tat es aber nicht. Auch ihren Vater fragte er nicht, sie würden es ihm zur rechten Zeit erzählen. Als Hu Li und Lutt einmal ins Schweigen gerieten, weil es so viel zu sagen gab, aber die vielen Wörter fehlten, stand Hu Li auf und holte eine Metalldose. Dutzende bonbongroße Spielsteine lagen darin. Die Unterseite war aus Holz, die Oberseite aus Elfenbein, verziert mit roten, grünen und schwarzen Schriftzeichen. Hu Li versuchte, Lutt die Regeln zu erklären, indem sie einfach spielte und drauflosredete und -zeigte, seine Steine von ihrer Seite aus sortierte, seine Hände nahm, um sie zu führen, damit er die richtigen Steine aufgriff, wobei sie lachte und immer neue Anläufe unternahm. Es half alles nichts, doch Lutt hätte eine Ewigkeit weiterspielen können. Hu Li schob die Steine wieder in die Blechdose und reichte sie ihm zum Geschenk.

Dann brach in Europa der Krieg aus. Die Japaner schlugen sich auf die Seite der Engländer und forderten die Deutschen auf, das kaiserliche Schutzgebiet Kiautschou aufzugeben. Gouverneur Alfred Meyer-Waldeck telegrafierte an den Kaiser in Berlin, *einstehe für Pflichterfüllung bis zum Äußersten*, der Kaiser telegrafierte zurück, *Gott mit Euch in dem bevorstehenden Kampfe, gedenke Eurer, Wilhelm.*

Die Deutschen verschanzten sich, hoben ein Netz von Schützen- und Laufgräben um Stadt und Bismarck-Festung aus, sicherten die Schnelladegeschütze in den Panzerturmdrehlafetten, die Krupp-Langrohrgeschütze, die Küstenhaubitzen und errichteten Wälle, Drahtverhaue, Sandsackmauern, Holzlafetten und Splitterschilde. Onkel Lutt durfte die Kaserne kaum noch verlassen. Er beschwor Hu Zhimo, sein Geschäft zu schließen und mit seiner Tochter die Stadt zu verlassen. Hu Zhimo lehnte ab. Lutt warnte ihn vor dem bevorstehenden Bombardement, und Herr Hu sicherte einen der Kellerräume unter dem Warenhaus. Das Ultimatum der Japaner lief ab, und Lutt verabschiedete sich von Hu Li. Im khakifarbenen Kampfanzug stand er vor ihr, sie vor ihm in einem dunkelblauen Gewand. Aus ihrem Gesicht wischte er Tränen. Dann, endlich, wagte er es und küßte sie auf den Mund. Sie ließ es geschehen. Komm wieder, sagte sie auf chinesisch, *huilai ba.* Ja, sagte er und nickte. Rasch lief sie ins Haus, kam mit einer schwarzen Lackdose zurück und drückte sie Lutt in die Hände. Auf dem Deckel war ein Tempel zu sehen. In der Dose lag eine Blüte, sie duftete fein und verwelkte schnell.

Am dreizehnten September begann die Schlacht. In mehreren Briefen berichtete Lutt, von einem *Pfeifen, Sausen und unheimlichen Krachen in der Luft*, wie es *kriechenderweise* vorwärts ging, sie *Hals über*

Kopf in die Gräben sprangen und durchs *beinahe knietiefe Wasser* wateten. *Zehn Minuten Eßpause: Brot, Cornedbeef, Rum. Eisenkästen und eiserne Platten rangeschafft. Nacht über kaum geschlafen. Volle Unterstände. Ungeheure Kanonade. Die Luft faucht nur so, ein unausgesetztes Schwingen wie bei Kirchenglocken. Volle Deckung. Mörderisches Geschieße unserer Batterien. Rauchendes Vorgelände. Japanische Kolonnen mit Offizieren an Spitze. Keine Kugel für mich. Wilder Beschuß von Tsingtau. Granat- und Schrapnellfeuer. Zurück im Schlamm. Sämtliche Munition verschossen. Weiße Flagge auf Bismarckberg. Siebter November.*

Nach der Kapitulation schlug sich Lutt zu Herrn Hu durch, wie mir die Großmutter erzählte. Das Warenhaus lag in Trümmern. Lutt stieg durch die rauchende Ruine. Hu Zhimo war tot, seine Tochter lag nicht weit von ihm entfernt, ihr Körper verrenkt. Lutt schob ihr eine Hand unter den Kopf und strich ihr das Haar aus dem Gesicht. Sie atmete noch. Er löste ihr den Kragen und gab ihr Rum aus der Feldflasche. Aus dem Mund rann Blut. Noch bevor sie etwas sagen konnte, starb sie. In der Hand hielt sie ihre Schuhe. Sie waren winzig. Kinderschuhe. Lutt zog die bereits gelösten Bandagen von ihren Füßen und entdeckte verwachsene und verknorpelte Stummel. Er drückte sie mit beiden Händen, streichelte ihr Gesicht, als die Japaner kamen und schrien. Sie stießen ihn fort. In letzter Sekunde griff er nach Hu Lis Schuhen und ließ sie unter seiner Jacke verschwinden.

Abführen der Gefangenen. Verwundetenbesorgung. Leichensammlung auf Schlachtfeld. Totenfeier. Mit japanischem Dampfer über Inlandsee. Matsuyama. Nagoya. Sechs Jahre lang war Lutt *Gast des japanischen Kaisers.* Hu Lis Schuhe, das Steinespiel und die schwarze Lackdose mit der vertrockneten Blume rettete er über die Zeit der Gefangenschaft. Zusammen mit Strehlemann baute er im Lager Tennisplätze. Auch in Nagoya veranstalteten sie Turniere. Nach dem Krieg blieb das freundschaftliche Verhältnis bestehen. Man besuchte sich jährlich. Meine Mutter verbrachte als junge Frau einmal einen Sommermonat bei den Strehlemanns in Hamburg. Die Geschichte von Hu Li erzählte mir Großmutter, als das Gewitter längst vorbei war. Vor dem Wiesenhaus saßen wir auf der Bank, und die Sommernacht legte sich übers Land.

Als ich klein war, schüttete ich die chinesischen Spielsteine oft auf dem Boden des Wiesenhauses aus, baute Burgen daraus oder stellte sie in meterlangen Schleifen auf und löste mit einer einzigen Berührung die Kettenreaktion zum Fall des Systems aus. Die kleinen Schuhe hingen immer an der Garderobe, als wären sie noch in Gebrauch und müßten mit einem Handgriff zur Verfügung stehen. Sie waren sehr hart, die Sohlen aus einem starren Leder, das Obermaterial aus schwarzer Seide. Schon als kleinem Jungen paßten sie mir nicht mehr. Die schwarze Lackdose steht bei mir auf der Fensterbank, seit wir in dieser Wohnung am Park leben, ist es ihr Platz. Während ich schreibe, spinkse ich zu ihr hinüber. Vorhin erst hielt ich sie noch einmal in der Hand. Meine älteste Tochter wollte sie als kleines Kind verzieren. Sie hatte schon damit begonnen, das Tempeldach auf dem Deckel mit Klebstoff zu beträufeln und bunte Perlen aufzusetzen. Als ich es sah, riß ich ihr die Lackdose aus der Hand und wischte den Klebstoff und die Perlen mit einem Papiertuch ab. Meine Tochter erschrak über meine heftige Reaktion und weinte, weil sie nicht verstand, was geschah. Immer noch spürt man die Reste des gehärteten Klebstoffs. Ein Teil des weißen Tempeldachs ist durch die Einwirkung des Lösungsmittels vom schwarzen Untergrund abgeblättert. Eine vertrocknete Blüte habe ich in der Dose nie gesehen.

Außer der Lackdose besitze ich von Lutt einen alten Globus, über die Jahre ist er durch alle Zimmer unserer Wohnung gewandert. Mal wollten die Kinder ihn bei sich haben, mal wurde er mehr oder weniger in einem freien Winkel verstaut, zuletzt fand er seinen Platz auf dem Klavier, wo ich ihn täglich sehe. Hunderte winziger Risse durchziehen die Oberfläche der Meere und Länder. Deutschland ist sehr groß. Stettin, Danzig und Königsberg gehören dazu. Im Süden gibt es Portugiesisch-Westafrika, Englisch-Ägypten und Italienisch-Somalia. Aber auch Israel ist verzeichnet. Als ich klein war, hat mir Lutt auf dem Globus den Rhein gezeigt, wie er durch Deutschland fließt und in der Nordsee mündet, und die Meere, über die er mit der Kaiserlichen Marine von Cuxhaven nach Tsingtau gereist war. Meine Finger setzte ich auf die Oberfläche der Weltkugel und ließ sie darüberspazieren, während sich der Planet unter den Kuppen drehte. Wenn der Onkel nicht hinsah, gab ich dem Globus einen Schwung, daß er sich schnell wie ein Kreisel um seine Achse drehte, bis er einmal aus der Halterung sprang und durchs Zimmer rollte.

Wo die chinesischen Schuhe und das Spiel abgeblieben sind, weiß ich nicht. Viele der Erinnerungsstücke sind nach Lutts Tod verschwunden, auch der Tennisschläger. Das Wiesenhaus wurde immer leerer. Irgendwann füllte es sich mit Möbeln, die aussahen, als kämen sie vom Sperrmüll. Manche der Gegenstände aus dem Wiesenhaus sah ich bei Jupp am Gerbermarkt wieder. Irgendwann verschwanden sie auch dort. Ich habe nie nach ihnen gefragt. Niemand in der Verwandtschaft hat je nach ihnen gefragt. Über so etwas wurde nicht geredet, was ein Fehler war. Nach Lutts Tod kümmerte sich Jupp im Auftrag der Großmutter um das Wiesenhaus. Sie hatte das Erbe ihres Bruders angetreten. Um ihre finanziellen Angelegenheiten kümmerte sich Jupp schon länger, worüber ebenfalls nicht gesprochen wurde, was ein noch größerer Fehler war, wenngleich durchaus üblich bis in die siebziger Jahre hinein. Bei uns jedenfalls wurden nicht einmal Familienangelegenheiten in der Familie besprochen. Die Räderscheids hatten ein Zeichensystem aus Blicken, Verhaltensweisen und verklausulierten Bemerkungen entwickelt, das zwar alle verstanden, das sich aber letztlich dennoch als untauglich erweisen sollte.

Außer den Erinnerungsstücken verschwanden eines Tages auch die schwarzen Takenplatten, die an den Außenwänden des Wiesenhauses gehangen hatten. Sie zeigten Szenen aus alter Zeit. Könige wurden gekrönt, Männer mit Lyra im Arm sangen, nackte Frauen saßen im Bad, stiegen aus Muscheln oder umarmten Schwäne. Eines Nachts löste ein Dieb die Platten aus den Verankerungen und verschwand mit ihnen. Am nächsten Morgen erklärte Jupp, die Kriminalpolizei sei schon da gewesen. Die Platten tauchten nie wieder auf. Damals dachte wohl niemand daran, daß Jupp sie gestohlen und verkauft haben könnte.

Jupps Haus war voller Antiquitäten. Von lächelnden und leidenden Märtyrern, die in den Himmel blickten, wurde es bevölkert. Uralte Truhen kauerten in den Zimmern. Jahrhundertealte Bibeldrucke und handgeschriebene Gesangs- und Meßbücher mit gregorianischer Notenschrift und farbigen Buchmalereien lagen darauf. Stiche mit rheinischen und römischen Stadtansichten aus dem 18. Jahrhundert schmückten die Wände. Silberne Weihrauch- und Weihwasserfässer waren überall verteilt, goldene Taschenuhren und Gesamtausgaben der deutschen Klassik in Frakturschrift. Und inmitten dieser Sammlung stand ab einem gewissen Zeitpunkt auch die Osterkerze aus Sankt Ambrosius, aufrecht, nach Bienenwachs duftend, irgendwann nur noch mit drei statt vier Nägeln. Da sie nur an Festtagen brannte, schrumpfte sie langsam. Wenn man Jupp fragte, woher er all die Altertümer habe, sagte er beiläufig, *de Lück schmießen alles fott*. Punkt. Mehr kam nicht. Nur die Osterkerze zischte *Lüge!* Vielleicht hörte nur ich es.

Als Kind hatte ich am Gerbermarkt nie das Gefühl, ein Museum zu betreten. Vielleicht, weil ich gar nicht wußte, was ein Museum ist. Als Kind hatte ich immer das Gefühl, einen Raum zu betreten, in dem die Vergangenheit so lebendig war wie die Gegenwart. Eigentlich gab es gar keinen Unterschied zwischen damals und heute. Die Zeiten waren verknäult und hatten sogar das Fachwerk außen und die Deckenbalken innen verbogen, die Dielen, die Türrahmen und die Stufen. Die Böden ächzten unter den Schritten, man hatte immer den Eindruck, sich über eine abschüssige Ebene zu bewegen. Die Türen öffneten sich von selbst, wenn man die Klinken drückte, wenn man die Holztreppen zwischen den drei Geschossen hinauf- oder hinunterstieg, mußte man sich an den Handläufen festhalten, weil der Körper in den Sog einer unsichtbaren Kraft geriet.

Für Jupp war das Haus eigentlich zu klein, waren die Decken zu niedrig. Er ging immer gebückt durch die Zimmer. Wenn er einen Raum betrat oder verließ, mußte er in der Tür den Kopf einziehen, um sich nicht zu stoßen. Zu Hause wurde er oft schweigsam und übellaunig. Die Mahlzeiten nahm er in der winzigen Küche fast immer stehend ein. Nur selten setzte er sich an den Küchentisch und aß mit, wenn Anni ein warmes Mittagessen zubereitet hatte. Dann schlang er übervolle Gabeln in sich hinein, um schnell ins Wohnzimmer zu verschwinden, wo er seinen Mittagsschlaf hielt. Einmal hatte er eine erste Portion Kartoffelpüree mit Gulasch in den Mund geführt, als er alles aus dem offenen Mundraum sogleich auf den Teller zurückfallen ließ, die Gabel auf den Tisch warf und wortlos aus der Küche ging. *Es war nicht mal eine Messerspitze!* rief ihm Anni mit leiser Stimme hinterher. Gemahlene Muskatnuß, Jupp haßte den Geschmack. Er haßte es auch, wenn er in der Linsensuppe ein Lorbeerblatt fand, wenn er beim Rotkohl auf eine Nelke biß oder im Sauerkraut Kümmelsplitter entdeckte. Und er haßte es, wenn Anni rauchte. Sie rauchte selten und wenn, dann nur in der Küche, am Fenster, dessen Flügel sie sperrangelweit öffnete. Den Rauch blies sie mit spitzem Mund und gerecktem Kinn kräftig nach draußen, damit nur ja nichts davon in der Küche blieb. Sobald Jupp nur einen Hauch Zigarettenqualm witterte, verließ er das Haus. Wenn Anni sächselte, verdrehte Jupp die Augen, eine vergleichsweise harmlose Reaktion.

Anni kam aus Leipzig und hatte in den fünfziger Jahren die DDR verlassen, um in Duisburg in einer Textilfabrik zu arbeiten. Anfang der Sechziger verschlug es sie nach R., wo sie eine Stelle als Sekretärin in einer Schaumstoffabrik fand. Diese war neben dem Haus der Großmutter auf dem ehemaligen Parkgelände der Villa des Bergbauunternehmers entstanden. Im Krieg war sein Anwesen schwer beschädigt worden. Einige Jahre hatte es leer gestanden, bis die Ruine schließlich abgerissen und an ihrer Stelle die Fabrikhalle gebaut wurde. Sobald sich aber bei Anni nicht nur der sächsische Tonfall einschlich, sondern sie darüber hinaus ein Wort aus ihrer Leipziger Heimat gebrauchte, wurde Jupp richtig wütend und fauchte sie an, etwa wenn sie statt Kartoffelpüree *Ähbernbabbe* sagte. Ich weiß gar nicht, wie es ihr gelingen konnte, aber manchmal war sie trotz allem so guter Dinge, daß sie Jupp auf eine grobe Bemerkung hin in die Seite knuffte und sagte, er solle aufhören zu *krutschen*. Jupp konnte in der Tat ein richtiges Scheusal sein, und es geschah immer seltener, daß sie seine unwirsche Art heiter nahm. Meistens verstummte sie. Mühsam versuchte sie, sich die Mundart von R. anzueignen. Es wollte ihr einfach nicht gelingen.

Anni war klein, hatte große Augen, schmale Schultern und einen großen Busen. Wenn sie sich die Nase geputzt hatte, schob sie das Stofftaschentuch unter den Bund ihrer Strickjacke, was Jupp, natürlich, nicht ausstehen konnte. Sie bewegte sich flink durch die Wohnung und hatte im Nu alles picobello. Abends stellte sie ihrer Tochter und auch mir, wenn ich bei ihnen übernachtete, einen Becher auf den Nachttisch. Er war mit einer lauwarmen Flüssigkeit gefüllt, einem Gemisch aus Wasser und Dosenmilch. Anni war evangelisch, der standesamtlichen Eheschließung drei Monate vor Monikas Geburt blieb meine Großmutter fern. Jupps zweite, wenn auch nur zivile Trauung, dazu mit einer Protestantin, die auch noch sichtbar schwanger war, war des Guten zuviel. Auch meiner Mutter und Lisa verbot sie, an der Zeremonie im Rathaus und dem anschließenden Fest teilzunehmen. Lutt blieb der Trauung ebenfalls fern. Glücklich über die kleine schwangere Braut waren meine Mutter und Lisa genausowenig. Neben dem konfessionellen Makel hatte die sächselnde Frau aus dem Osten für ihren Geschmack nicht nur zu wenig rheinischen Stallgeruch, sondern sie hatte überhaupt zu wenig Geruch. Das Veilchenhafte ihrer Art war ihnen zu dünn, darum waren sie meiner Großmutter wegen des Hochzeitsverbots nicht allzu gram. Zudem bedauerten sie ihren Bruder, weil er heiraten mußte. Mit den Jahren arrangierte man sich mit dem neuen Familienmitglied, richtig warm miteinander wurde man nicht. Was Anni und die Familie verband, war vor allem meine Cousine. Monika war, wie der gesamte Nachwuchs, heilig. Als Ärgernis wurde sie nie betrachtet. Anni lebte gegenüber der Familie im Schutz ihres Zampanos. Die Verbindlichkeit ihrer Schwiegermutter gegenüber bezeugte sie mit sonntäglichen Besuchen am Nachmittag in der Mauerbachstraße, anfangs allein, später lange Jahre mit Kind, dann wieder allein. Manchmal brachte sie Teilchen mit, plauderte etwas und blieb für eine halbe Stunde sitzen. Woche für Woche, Monat für Monat, Jahr für Jahr. Bis zu Großmutters Tod.

Was auch immer geschehen sein mag, ich glaube, Anni war froh, daß Jupp sie geheiratet hatte. Sie liebte ihn, wie Gelsomina ihren Kettenartisten liebte, auch wenn er sie schlecht behandelte, schon bei der Hochzeit, ein reines Kneipengelage. Bereits vor der Trauung kam man am Buttermarkt zusammen, um sich eine erste Runde zu genehmigen. Mein Vater und Freddi waren die Trauzeugen. Annis Familie war die Ausreise aus der DDR untersagt worden. Jupp ließ das silberne Zigarettenetui des Standesbeamten mitgehen, das neben den Unterlagen und

Urkunden auf dem Schreibtisch lag. Auf dem Weg zum Restaurant zog er das Etui aus der Hosentasche seines Anzugs und verteilte die Zigaretten in der kleinen Hochzeitsgesellschaft. Auch Anni rauchte. So schlenderten sie durch die Gassen. Nach dem Essen wollten die Männer Anni das Skatspielen beibringen. Sie lehnte ab, setzte sich auf Jupps Schoß und schaute zu.

Am Nachmittag gingen sie außerhalb der Stadt spazieren. Jupp trug Anni auf den Schultern den Hang hinauf. Sie erreichten ein Birkenwäldchen. An den Stämmen hingen Flaschen, in die das gelbe Birkenwasser tropfte. Die Männer massierten sich die duftende Essenz gegenseitig ins Haar. Anni kämmte und scheitelte sie anschließend sorgfältig der Reihe nach. Die Männer füllten die Flaschen mit ihrem Urin und hängten sie wieder an die Bäume. Beim Abstieg hoben sie aus einem Schrebergarten eine Schubkarre, in der sie Anni abwechselnd schoben. Am Ortsrand wollte sie aussteigen. Jupp legte sich hinein und ließ sich von seinen Schwägern bis vor die Wirtschaft *Am Stän* fahren. Krätze Jöhnsche hinter der Theke hatte bis spät in die Nacht zu tun.

Mit ihrem Einkommen als Sekretärin trug Anni wesentlich zum Unterhalt der jungen Familie bei. Als sie die Stelle in der Schaumstoffabrik wegen einer Werksschließung verlor, wechselte sie zu einem Unternehmen, das Fertighäuser baute und seinen Sitz im Hinterland hatte, zwanzig Kilometer von R. entfernt. Jupp brachte sie morgens mit dem Käfer hin und holte sie abends wieder ab. Als Anni schließlich den Führerschein gemacht hatte, um selbst ins Büro fahren zu können, unternahm sie eine erste Probefahrt. Jupp baute den Beifahrersitz ein und setzte sich neben sie. Monika und ich saßen auf der Rückbank, der Hund, ein Glatthaardackel namens Mimi, kauerte zu unseren Füßen. Anni war nervös, langsam und zögerlich fuhr sie stadtauswärts die Serpentinen hinauf und weigerte sich, einen Lastwagen zu überholen, wozu Jupp sie drängen wollte. Er wurde immer ungeduldiger, sie immer nervöser. Und als sie den Motor an der ersten Kreuzung auf der Anhöhe beim Anfahren abwürgte, beschimpfte er sie. Was sie in der Fahrschule überhaupt gelernt habe! Anni fuhr an die Seite, stellte den Motor mit zitternden Händen ab und stieg aus. Wenn er so *fuchtig* sei, solle er doch selbst fahren! Damit schlug sie die Tür zu, grub Zigarettenpackung und Streichholzschachtel aus der Handtasche und blieb an ein Schild gelehnt rauchend am Straßenrand stehen. Jupp sagte nichts. Regungslos saßen Monika und ich im Fond. Nachdem sie zu Ende geraucht hatte, ließ Anni sich auf dem Beifahrersitz nieder, den Jupp frei gemacht hatte, und wir fuhren zurück nach R. Tante Anni ist seitdem nie mehr selbst Auto gefahren.

Zu Beginn der siebziger Jahre traute sie sich zum

ersten Mal, ihre Eltern und Geschwister in Leipzig zu besuchen. Bisher hatte sie immer befürchten müssen, an der Rückreise gehindert zu werden. Sie fuhr allein mit dem Zug *nach drüben.* Später wagte sie es, Monika mitzunehmen. Jupp begleitete sie erst viele Jahre danach und anschließend nur in großen Abständen. Nach seinem ersten Besuch in Leipzig nannte er die DDR nur noch *Land des Lächelns.*

Mir erschien dieser abgetrennte Teil Deutschlands wie ein fremder und ferner Kontinent. Ohne etwas über ihn zu wissen, hatte ich das Gefühl, es sei besser, ihn gar nicht erst zu betreten. Auch als ich mich in der Jugend nach unbekannten Weltregionen sehnte und wie die Helden aus meinen Abenteuerbüchern die Ebenen, Gebirge, Steppen, Wüsten und Wälder des Planeten erforschen wollte, kamen mir die DDR und die anderen Regionen Mittel- und Osteuropas nicht einmal in den Sinn. Dennoch fuhr ich einmal kurz vor meinem achtzehnten Geburtstag mit Anni und Monika nach Leipzig. Auf der Hinreise wurden hinter der Grenze die Wagontüren verriegelt. Männer in Uniform kontrollierten unsere Taschen und wollten wissen, ob wir Zeitschriften oder Bücher mitführten. In den Straßen Leipzigs roch es nach Ruß. Die Schaufenster waren schmutzig. Freundlich wurden wir von Annis Familie empfangen. Einer ihrer Brüder war Kulturbeauftragter eines Industriekombinats und stellte mit den Arbeitern Kugelschreiber aus lackierten Holzzweigen her, die mit Kulleraugen bemalt und mit Filzmützen verziert wurden. Er schenkte mir eine ganze Handvoll. Sein Sohn fragte mich während der Straßenbahnfahrt zum Schrebergarten, ob es stimme, daß im Westen noch Straßenbahnen aus der Zeit vor dem Zweiten Weltkrieg eingesetzt würden. Ein anderer Bruder Annis war Wirtschaftsdozent an der Universität, verteidigte in unseren Diskussionen den *antifaschistischen Schutzwall* und erzählte mir von seiner Doktorarbeit, in der er ein geschlossenes Abfallentsorgungssystem entwickelt hatte. Der Hausabfall einer Stadt wird in einer Halle gesammelt. Ratten fressen die organischen Abfälle, Marder die Ratten, die Marder werden vergast, ihre Felle ins kapitalistische Ausland exportiert. Der Restmüll kommt in die Wiederverwertung.

Zum Abschluß gingen wir alle gemeinsam essen. Der Hochschulbruder von Anni hatte eine vor Monaten beantragte Reservierung erhalten. Das Restaurant war so gut wie leer. Der Wein kam aus Ungarn, eine Combo spielte zum Tanz auf, wir hatten viel Spaß. Anni rauchte eine Zigarette nach der anderen und ließ mich mitpaffen.

Bevor ich sterbe, muß ich erzählen. Damit die Geschichten meiner Kindheit nicht verlorengehen. Damit ich selbst nicht verlorengehe. Damit sich alle an die Zeit, als wir Kinder waren, erinnern. An die rauhen Jahre an Jupps Seite, den das Jahrhundert genährt und gebogen hat. Ich muß erzählen, obwohl in mir alles wund ist.

Jupps schlechte Launen kannten wir Kinder nur zu gut. Sie zu überstehen gehörte zum Abenteuer. Sie waren die Gefahr, die wir in Kauf nahmen, um dem Alltäglichen zu entkommen. Der mit Jupps Gemeinheiten und Bosheiten verbundene Schmerz war für uns so etwas wie der messerschneidige Wind, dem auch Polarforscher auf ihren Erkundungen ausgesetzt sind. Er pfiff in die familiäre Obhut. Manchmal war es so, als suchte Jupp uns Kinder nur auf, um seine Übellaunigkeit loszuwerden. Unter unseren Augen schlüpfte er in den Übermut der Flegeljahre zurück. Er brauchte uns als Publikum und Opfer. *Kaninchenfangschlag* nannte er den plötzlichen Hieb mit der Kante seiner ausgestreckten Hand auf die Muskeln unserer Oberschenkel. Der Schmerz verschlug uns den Atem. Oder er nahm Fußgänger auf dem Bürgersteig ins Visier, steuerte seinen Wagen direkt auf sie zu, riß das Lenkrad erst in letzter Sekunde herum und rief den zu Tode erschrockenen Passanten durchs heruntergekurbelte Fenster *Jüd, Jüd, Jüd!* zu. Etwas Gefährliches schlummerte in diesem Mann. Manchmal brach es aus.

Monika hatte Mimi von ihren Eltern zu Weihnachten bekommen. Die Dackelhündin begleitete Jupp auf seinen Fahrten durch die Stadt und übers Land. In seiner Gegenwart bewegte sie sich nur mit eingezogenem Schwanz. Einmal kotzte sie in der Küche in den Freßnapf, der neben dem Kühlschrank stand. Als Jupp das Würgen hörte, packte er Mimi am Nakken, ohne von seinem Küchenstuhl aufzustehen oder sich umzudrehen, er griff einfach hinter sich und warf sie in den Flur.

Wir Kinder durften Mimi nicht zu nahe kommen. Sobald wir auch nur versuchten, sie zu streicheln, fletschte sie die Zähne. Im Käfer kauerte sie immer hinter dem Fahrersitz auf dem Boden. Einmal schnappte sie im Auto zu, als wir uns auf die Rückbank drängten. Jupp riß sie an Fell und Ohren hervor und versetzte ihr einen Schlag ins Gesicht, daß sie aufschrie und sich wimmernd verkroch.

Und Jupp dachte sich gern Spottnamen aus. Auch für uns Kinder. Aber daß Eigenheiten und Gebrechen zu Namen wurden, war in R. allgemein üblich. Der im Zweiten Weltkrieg armamputierte Anton Schmitz von der Ortskrankenkasse hieß bei allen nur *Schmit-*

ze Ärmsche, die Tabakhändlerinnen, zwei Schwestern mit ewig geschwollenen Schilddrüsenkröpfen, *Walbröls Täubschen* und der über zwei Meter lange Bergarbeiter und bekennende Kommunist Heinz Kaut *Jesukindsche klein*. Jupp wurde wegen seiner dunkelbraunen Augen, seines schwarzen Haars und seiner schnell bräunenden Haut *Räderscheids Nejer* genannt. Er selbst war es, der die Spottlust immer wieder auf die Spitze trieb.

Als er uns an einem Feiertag fotografierte, schaute er zuerst ausgiebig durch den Sucher, hob endlich den Zeigefinger zum Auslöser, zögerte wieder, schob sein Gesicht hinter der Kamera hervor, sah Maria an, die damals sechs Jahre alt gewesen sein mochte, schüttelte den Kopf und sagte, *was für ein häßliches Kind!* Sofort brach sie in Tränen aus, wollte sich von Jupp nicht trösten lassen, der vergeblich sämtliche Register der Beschwichtigung und Freundschaftsbeteuerung zog. Maria lief zu unserer Mutter ins Haus, keine Minute später kam diese herausgestapft, ihrem Bruder einen Vogel zeigend, er sei doch *beklopp*, bevor sie das Mädchen auf dem Arm ins Haus trug.

So verband uns mit Jupp nach und nach eine mit Grausen gemischte Zärtlichkeit. Es schien, als fesselte uns die immer wiederkehrende Zuneigung eines Menschen, der oft so bitter und böse sein konnte.

Als Jugendlicher fand ich im längst verwaisten

Wiesenhaus vier DIN-A5-Blätter. Zusammengefaltet lagen sie in einer Schale, sie trugen Jupps Handschrift. Er hatte den Text mit Kugelschreiber verfaßt, nur am Schluß veränderte sich die Linienführung. Etwas Zittriges kam in die Schrift, etwas Spitzes, wie ein Relikt der Sütterlinschrift, die noch deutlicher in der Handschrift meiner Großmutter steckte. Von ihren Einkaufszetteln, wenn sie mich zu Ewi gegenüber oder in die Stadt schickte, war mir ihre eigentümliche Art zu schreiben bekannt. Was ich las, war ein Testament, das Testament der Großmutter, geschrieben von Jupp. Ob in Großmutters Auftrag, möglicherweise von ihr diktiert, ob frei erfunden und der Großmutter zur Unterschrift vorgelegt, ob Fälschung, Fälschungsversuch oder Fälschungsphantasie, ich weiß es nicht. Die Unterschrift der Großmutter jedenfalls zeigte deutlich den Versuch eines anderen, ihre Handschrift nachzuahmen. Ich wollte das Schriftstück damals als Vorstufe zu einer nicht vollzogenen Lumperei des Onkels deuten. Ich stellte mir sogar vor, wie er mit seinem Zeichentalent die Fälschung vergnüglich vor sich hingekritzelt hatte, um die Wirklichkeit zu seinen Gunsten umzudichten. Erst ein knappes Jahrzehnt später, als die Großmutter die Tage bei mir im Wiesenhaus verbrachte, wurden die Zettel zum Indiziendokument, das das Bild des Betrugs vervollständigen sollte.

Ich habe in letzter Zeit so eine Unruhe in mir,

ich glaube, der Herrgott ruft mich bald zu sich, las ich mit klopfendem Herzen. *Nun möchte ich ablegen, was mich bedrückt.* Es folgt eine kurze Vorgeschichte: *Als Lene*, meine Mutter, *das letzte Mal hier war, haben wir zusammen mit Lisa vom Nachlaß gesprochen und dem Erben. Ich sagte, ich hätte unserem Jupp schon ein Testament geschrieben und ihm das Wiesenhaus mit allen Grundstücken, das Haus am Gerbermarkt und alles vom lieben Ludwig vererbt, weil es auch der Wunsch meines Bruders war. Das war Lene nicht recht. Sie sagte, sie und Hermann*, mein Vater, *würden das schon besser machen und richtiger. Sie sagte, das ist für den Jupp zu viel, das Wiesenhaus ja, aber das Haus am Gerbermarkt nicht.* Und dann ihr letzter Wille: *Um meine Unruhe nun loszuwerden, schreibe ich ein neues und letztes Testament. Alles, was ich mit Lene und Lisa besprochen habe, ist ungültig. Alles, was vom Onkel Ludwig war, das Wiesenhaus mit allen Grundstükken, das Haus am Gerbermarkt und alle Sachen von Ludwig Siemons bekommt allein mein Jupp. Das Haus in der Mauerbachstraße teilt ihr euch ehrlich. Dies ist mein letztes und einzig gültiges Testament.* Am Ende, vor der Unterschrift der Großmutter mit *Katharina Räderscheid, geborene Siemons*, stand der Satz, *an Mariä Namen sagt der Sommer Amen.* Datiert ist das Testament auf den zwölften September 1974. Siebzehn Jahre, bevor Großmutter starb.

Welche Rolle diese Seiten für die Verteilung des Erbes an die drei Geschwister spielten, kann ich nicht sagen. Noch heute habe ich das Getuschel im Ohr und die bösen Mienen meiner Mutter und ihrer Schwester vor Augen, als es um Lutts Nachlaß ging. Nach einem Familienessen räumten sie in der Küche der Großmutter auf. Als ich eintrat, trockneten sie Töpfe, Teller und Gläser ab, die sie gerade gespült hatten. Großmutter und die anderen saßen im Hof und warteten auf Kaffee und Kuchen. Den pfeifenden Wasserkessel hatte ich draußen gehört und war ins Haus gelaufen. Wie eine Nadel drang mir der schrille Pfiff ins Ohr. Meine Mutter nahm den Kessel vom Gasherd und zog die Pfeife ab. Ich sah zu, wie sie das dampfende Wasser auf das Kaffeemehl im Filter goß. Sie unterhielt sich mit Lisa in bruchstückhaften Sätzen, die mehr andeuteten als aussprachen. Sie redeten mit gedämpften Stimmen, als tauschten sie Heimlichkeiten aus.

Nach einer Weile – meine Mutter hatte mehrmals kochendes Wasser aus dem immer wieder aufpfeifenden Kessel in den Kaffeefilter gegossen – verstand ich, daß es um das Testament von Lutt ging und darum, wer was erben sollte. *Dat kann doch nit woh sinn!* rief Lisa halblaut, aber mit dickem Ausrufezeichen, meiner Mutter zu und hielt beim Abtrocknen inne. Mutter zuckte ratlos mit den Schultern und gab den letzten Schwall auf die ausgetrocknete Kaffeemehlkruste. In die Sprachlosigkeit hinein, die sich in diesen Sekunden wie ein Spalt auftat, sagte ich meinen Satz, der die Frauen vollkommen überraschte: *Fragt doch einfach!* Sie warfen mir Blicke zu, die jedes weitere Wort erübrigten. Wortlos trugen wir Kaffee und Kuchen nach draußen.

Meines Wissens wurde auch später nie offen über die Angelegenheit gesprochen. Großmutter machte mir gegenüber hin und wieder die Bemerkung, daß Jupp schon alles gerecht verteilen würde und daß der Grund um das Wiesenhaus groß genug für weitere Häuser sei, wir würden uns noch wundern! Ich hörte ihr schweigend zu und dachte, daß sie sich täuschen könnte. Nach Großmutters Tod wurde das Erbe jedenfalls im Sinne des von Jupp angefertigten Testaments aufgeteilt. Die Empörung unter vier oder sechs Augen blieb folgenlos. Meine Eltern überlegten, ob sie gerichtlich vorgehen sollten, wie sie mir später erzählten. Um des lieben Familienfriedens willen hielten sie Abstand davon. Meine Mutter hat die Kränkung nie ganz verwunden.

Ich habe die Seiten damals eingesteckt und sie später in einem der Familienfotoalben, die meine Mutter mir und meinen Geschwistern jährlich zu Weihnachten zusammenstellte, aufbewahrt. Jetzt liegen die Alben neben mir auf dem Boden, ganze Stapel, die ich in den wenigen milden Stunden immer wieder und langsam durchblättre. Mein Zimmer wird zu einem Museum. Wie Jupps Haus am Gerbermarkt.

Das Testament ist vergilbt. Das war es schon damals. Dunkelbraune Flecken am Rand und in den Faltfurchen, mittendrin Löcher, vom Boden eines Krugs abgewetzt, der einmal auf ihnen gestanden haben mußte. Zeugnisse der Vergangenheit. Wie die Fotografien. Mit den Fingerkuppen streiche ich über ihre Oberflächen und meine, die verlorene Zeit zu spüren.

Obwohl ich Jupps Testamentsblätter damals gern nur als Spiel sehen wollte, wußte ich, daß er einen Hang zur Lumperei hatte, was mein Vertrauen zu ihm trübte. Zurück blieb ein Vorbehalt, aus dem sich mit der Zeit eine gewisse Überlegenheit entwikkeln sollte. Vorerst aber blieb Onkel Jupp Onkel Jupp. Schließlich hatte er mir einmal das Leben gerettet, auch wenn er es kurz zuvor noch riskiert hatte. Ich dachte damals wirklich, er wolle mich umbringen.

Es war Sommer, und Thomas hatte zum Geburtstag ein Schlauchboot geschenkt bekommen. Wir wollten es sofort ausprobieren, wußten aber nicht, wo. Auf dem Rhein durften wir nicht paddeln, und der Mauerbach war zu klein. Auf der Wiese hinter Lisas Haus pumpten wir das Schlauchboot auf, um es in voller Pracht zu betrachten und eine Trockenprobe zu machen. Es hatte zwei hintereinanderliegende Sitze, war schlank wie ein Kanu und leuchtete orange.

Wir zogen T-Shirts und Hosen aus, setzten uns hinein und ruderten auf der Wiese. Bis uns ein eiskalter Wasserstrahl traf! Mit dem Gartenschlauch in der Hand stand Jupp in der Kellertür und lieferte die Wellenbrecher der See. Wir kämpften uns durch die Wogen, lachten, steuerten durch das Wassergebirge, schnappten nach Luft und hätten die Reise noch lange fortsetzen können. Jupp aber verlor irgendwann die Lust. Wir beschwerten uns, daß er nicht weitermachte und wir nirgendwo richtig Boot fahren könnten. Jupp schlug daraufhin die Nahle vor, er werde uns hinbringen.

Um die Luft aus dem Schlauchboot nicht mühsam hinausdrücken und es später nicht ebenso mühsam wieder aufpumpen zu müssen, banden wir es mit Schnüren auf das Dach des Käfers. Mit der Rheinfähre setzten wir über, sausten durch den rauschenden Sommer, sangen *Heidewitzka, Herr Kapitän* und ließen das Boot wenige Kilometer oberhalb der Nahlemündung ins Wasser. Die Strömung zog uns vom Ufer fort, der Onkel grüßte wie ein Admiral, wir riefen *Ahoi!* und paddelten los. An der Mündung wollten wir uns treffen.

Der Fluß schob sich wie ein grüner Spiegel zwischen den Uferböschungen dahin. Es war sehr ruhig. Nur die Insekten waren zu hören. Wasserläufer krabbelten mit ihren langen, dünnen Beinen über die glatte Fläche. Das Licht war hell, die Luft warm, und die Zeit verging, ohne daß wir es merkten. Plötzlich sahen wir vor uns auf einer Brücke, die sich in knapp zwei Metern Höhe über den Fluß spannte, Jupp. Er stand in der Mitte und hielt in den Armen einen schweren Stein, groß wie ein Käselaib. Wir wußten sofort, was er vorhatte, wollten ausweichen, kamen ins Trudeln, sahen den Stein von der Brücke herunterfallen und in Armeslänge neben uns ins Wasser schlagen. Wir kippten um, tauchten unter, wurden mitgerissen und verloren die Orientierung, schluckten Wasser, rutschten über Steine, faßten wieder Tritt und retteten uns schließlich ans Ufer. Noch heute höre ich Jupps Gelächter. Das Schlauchboot trieb davon. Ratlos waren wir, und unsere Körper schlotterten. Hatte Jupp das Risiko seiner Scherze wirklich einschätzen können?

Am Imbißstand neben der Anlegestelle der Rheinfähre aßen wir später Reibekuchen mit Apfelkompott und tranken Dunkelbier aus der Flasche. Jupp hatte das Schlauchboot aus der Nahle gefischt und spendierte uns die Mahlzeit. Er selbst trank einige Kräuterschnäpse, indem er sich den vom braunen Wikkelpapier befreiten Hals des kleinen Fläschchens zwischen die Zähne klemmte, den Kopf in den Nakken warf und den Inhalt freihändig in die Kehle rinnen ließ. Jupp kann alles egal sein, dachte ich damals, als ich ihn bei seinem lässigen Trinkritual beobachtete. Die nassen Kleider klebten mir auf der

Haut. Die Wellen hämmerten gegen die Uferbefestigung aus Basaltsäulen. Im tobenden Wasser legte die Fähre an.

Einige Wochen später war der Fluß zu einem Strom angeschwollen. Es hatte ohne Unterlaß geregnet. Wir überredeten Jupp, uns noch einmal mit dem Schlauchboot am Ufer der Nahle abzusetzen. Unterwegs im Käfer nahmen wir ihm das Versprechen ab, diesmal keinen Stein zu werfen.

Die Nahle pflügte durch die Oberfläche der Erde. Die Wolken hingen tief. Jupp hatte Bedenken, aber wir ließen uns nicht abhalten. Der Fluß packte uns. Er war ein wildes Tier. Mit aller Kraft versuchten wir, das Boot unter Kontrolle zu halten und stemmten uns gegen die Turbulenzen. Nur mit Mühe konnten wir steuern. Wir waren Abenteurer auf gefährlicher Fahrt, verwegen und todesmutig! Unsere Herzen schlugen laut vor Begeisterung und Furcht!

Und dann entdeckten wir die Brücke. Aber diesmal schwebte sie nicht hoch über dem Wasser. Die Oberfläche der Nahle schürfte gegen den Eisenboden. Nicht ein Spalt war zu erkennen. Wieder stand Jupp in der Mitte. Er rief, winkte mit beiden Armen, warnte. Aber zu spät. Wir kenterten und wurden nach unten gerissen.

Schwarz war meine Angst und kalt. Sie kam so plötzlich und heftig, daß sie die Panik übersprang und mich in tiefe Trauer stürzte. Alles schien vorbei, alle Bilder, Klänge und Träume vergessen, nichts war mehr als ein leerer, blinder Raum. Wie heute auf meinem Lager. Die Zunge am Gaumen. Die Kehle trocken wie Scherben.

Damals griff eine Hand nach mir. Jupps Hand. Sie zog mich aus dem lehmigen Fluß. In der anderen Hand hielt Jupp meinen Vetter. Er hievte uns über das Geländer, ging in die Knie und zog uns zu sich. Schluchzend schmiegten wir uns an seinen warmen Körper.

Wer rettet mich heute vor dem Tod?

Vom Kentern erzählten wir unseren Eltern nichts. Sie fragten auch nicht nach. Sie fragten nie besonders viel nach. Wenn wir die Hausaufgaben erledigt hatten, waren wir frei. Wir waren drinnen oder draußen oder irgendwo und spielten. Wir erkundeten die Stadt, die Hügel, die Berge und die Täler ringsum, und der Radius unserer Streifzüge wurde größer.

Das wuchtige Rascheln des Buchenlaubs, wenn unsere Beine durch die dicke Schicht der vertrockneten Blätter abwärts wühlten, ich kann es hören. Aus dem aufgebrochenen Laubmantel quoll ein Duft von würzigem Leben und Moder. Die Wälder waren alt und mancher Baum von Schlingpflanzen überwuchert. Die Luftwurzeln hingen wie Nabelschnüre aus den Wipfeln herab. Wir prüften ihre Festigkeit, zogen sie, soweit es ging, hangaufwärts, hielten uns mit beiden Händen fest, nahmen Anlauf und schwangen uns weit hinaus. Ich weiß nicht mehr, wie oft sie weniger fest in den Baumkronen verankert waren, als wir dachten, sehr oft vermutlich. Dann lockerten sie sich beim Schwung, gaben nach, rissen aus, und wir krachten zum Vergnügen der andern ins fette Laub oder rutschten die steilen Böschungen hinunter, bis ein Baumstamm den Sturz jäh stoppte.

Wir durften alles. Verboten war uns, wie gesagt, nur eins, im Rhein zu schwimmen. Etliche Kinder seien dort ertrunken, sagten die Erwachsenen. Schon damals, als sie selbst jung gewesen waren. Der Rhein habe die kleinen Körper in die Tiefe gezogen. An der Küste in Holland wurden die Leichen bei Flut an die Strände gespült. Mit gefährlichen Strudeln lauere der Fluß überall. Zum Beweis zeigten sie uns das Brodeln im Kielwasser der Fähren und Frachter, wenn wir an manchen Sonntagen zwischen wehenden Fahnen über die Uferpromenade spazierten. Außer dem Verbot, im Rhein zu schwimmen, gab es zwei Regeln. Im Sommer mußten wir zu Hause sein, wenn die Sonne unterging, im Winter, wenn die Straßenlaternen angeschaltet wurden.

Wir konnten selbst auf uns aufpassen und kamen überall zurecht, auch in der Wildnis. Wir krochen durchs Gebüsch und stiegen ins Wasser. Wenn die Stiefel voll liefen, gingen wir barfuß weiter und suchten Forellen. Wir trieben sie in Bachkessel, sperrten den Abfluß mit einem Wall aus Steinen und Ästen, zückten die Messer und stachen zu, wenn sich die Fische aus ihren Verstecken unter Fels- und Uferwülsten hervorwagten. Einige zappelten auf der Klinge und drohten abzuspringen. Manchmal, wenn kein Messer zur Hand war und die Fische dicht unter der Oberfläche schwammen, zertrümmerten wir mit einem Keulenschlag ihr Rückgrat. Am Ufer entkernten wir die Schädel, schnitten die Leiber auf und brieten den Fang an Stöcken über der Glut. Wir konnten uns selbst ernähren.

Auf den Höhen hinter dem Wiesenhaus gab es ein zerklüftetes Areal, wo vor langer Zeit Basalt über Tage abgebaut worden war. Die Steinbrüche, Rangierflächen, Halden und Transportwege waren längst von Bäumen und Sträuchern und Moosen überwuchert. Schienen, Krananlagen und verrostende Werkzeuge schauten überall hervor. Und es gab einen Unterstand aus Beton zum Schutz bei Sprengarbeiten. Wir setzten die Eisentür wieder ein, hängten die Schlagläden in die Scharniere vor die zerbrochenen Fenster und feuerten in der Kaminöffnung. Wir hatten ein eigenes Haus und richteten uns ein.

Möbel besorgten wir uns auf einer nahe gelegenen Mülldeponie, die zwar übel roch, aber dort fanden wir Betten, Nachttische, Stühle, Hocker. Einige der Möbelstücke waren gelblich lackiert und wirkten so sauber, als hätte man sie für den Abtransport zur Halde noch einmal poliert. Die Innenwände der

Hütte strichen wir rosa, die Tür und Fensterläden leuchtend rot, wir schafften einen Lebensmittel- und Holzvorrat an und legten auf die Metallfedern des Bettrostes die Schaumstoffauflage einer Klappliege. Zum Abschluß hängte Thomas Fotos von nackten Frauen an die Wände. Es roch nach frischem Lack und feuchtem Stein, süßlich und herb. Staub taumelte in den Lichtlamellen, die durch die Schlagläden den Raum durchfächerten. Wachsam und dünnhäutig wurden wir, als bemerkten wir uns gegenseitig erst jetzt, da die Arbeit getan war.

Wenn wir feststellten, daß bei Lisa außer dem Hund niemand zu Hause war, nahmen wir aus der Schublade von Freddis Nachttischschränkchen ein Heft mit Nacktaufnahmen. Während der Hund vor der Tür jaulte und mit den Krallen seiner Vorderläufe über die Lackierung kratzte, blätterten wir ehrfürchtig durch die Seiten. Das große runde Gesäß einer Frau, die auf dem Schoß eines Mannes saß, füllte eines der Bilder fast vollständig aus. Mit Zeigefinger und Mittelfinger hielt sie das sich in sie einbohrende Geschlechtsteil. Darüber der rosafarbene Stern ihres Afters und im Hintergrund ihr Blick, dem Betrachter direkt in die Augen, selig und leidend.

Aus unserer Verzückung riß uns Lisas Stimme. Benebelt, fast wie in Trance tasteten wir uns die Treppe hinunter. Draußen kam uns alles sehr fern vor. Das Licht des späten Tages blendete. Es dauerte eine Weile, bis der Rausch verklang. Es schien, als hätten wir uns gegenseitig etwas verraten, unser Ungestüm, unsere kopflose Wildheit, unsere Nacktschneckennatur. Wie jene unter Grasbüscheln versteckten Weichtiere waren wir, deren Körper sich zu Schleimklumpen verknoteten, wo kein unten oder oben mehr war, kein Anfang und kein Ende, kein Kopf mehr von einem Fuß unterscheidbar und alles nur ein Fleisch und Blut.

Bevor ich sterbe, muß ich erzählen. Gewaschen und eingeölt sitze ich im Wohnzimmer und atme die frische Luft, die zwischen den geöffneten Flügeln der Balkontür hereinweht. Eben noch war ich draußen und schaute über den Park zu den Höhenlinien des Bergischen Landes. Zwischen den Bögen der Südbrücke und den leeren Hafenbauten suchte ich den Rhein. Neue Wohnungen und Büros werden dort gebaut. Aber das Blattwerk der Linden, Kastanien, Eschen und Platanen türmt sich zu einem undurchdringlichen Wall, der sogar den Verkehrslärm auf der Rheinuferstraße dämpft, bis im Spätherbst innerhalb weniger Regen- und Sturmtage der Schutz niedergerissen wird, Straße, Verkehr und Rhein sichtbar werden und bei Ostwind Lärm und Abgase, auch die der Rheinfrachter, herüberschwappen, daß alle Fenster geschlossen bleiben müssen. Zwischen den Kronen der höchsten Parkbäume konnte ich die Kreuzblumen der Domtürme erkennen. Und unter mir sah ich wieder den kleinen Malte. Sein Kopf tauchte plötzlich aus dem Öffnungsschlitz des Altpapiercontainers auf, neben der ramponierten Telefonzelle. Er sah sich um, steckte sich eine Zeitschrift zwischen die Zähne, schob die Arme durch die Öffnung und stemmte sich hinaus, um anschließend, auf dem Container sitzend, das Heft durchzublättern. Ich rief ihm zu, er sah auf, winkte kurz und blätterte weiter. Mittlerweile sehe ich ihn fast jeden Tag.

Ich habe die Balkontür geschlossen und mich wieder hingelegt, meine Frau hat die Öle, Cremes und Salben aus dem Zimmer getragen. Ich schreibe im Liegen. Der Blütenduft der Kosmetik dringt durch die Stoffe. Ich spüre noch, wie die Finger und Handflächen meiner Frau vorsichtig die sämigen Substanzen auf Beinen, Armen, Rücken und Bauch verteilen und einmassieren. Zuvor hatte ich mir ein Handtuch um den Unterleib und über den Seitenausgang gewickelt. *Das ist nicht schlimm*, sagte meine Frau, wie schon so oft, wenn ich dieses Darmmaul samt Klarsichtblase vor ihr zu verbergen suchte, *du weißt, daß es mich nicht stört*. Später küßte sie meine knochige Brust. Sie kam mir sehr jung vor, als wären inzwischen nicht fast zwanzig Jahre vergangen, seit wir uns in der Cafeteria der Universität kennenlernten, noch bevor ich nach dem Grundstudium nach R. ins Wiesenhaus zurückkehrte, um allein zu sein, weil mir alle Nähe unangenehm war, woran auch die Begegnung mit ihr vorerst nichts ändern sollte. Ich war scheu geworden, unsicher und mißtrauisch. Aber die Gegenwart der Freundin war wohltuend, auch wenn ich sie oft nur stundenweise ertragen konnte, weil es mich in die Einsamkeit trieb, was sie wiederum verletzte und meine Furcht vor jedem engeren Beisammensein weiter nährte. Ich war aus allem herausgefallen.

Erst nach meiner Zeit im Wiesenhaus und dem Bruch mit Jupp wagte ich es, mit ihr zusammenzuziehen. Wir mieteten eine Wohnung in der Nähe des Hofgartens. Wir frühstückten zusammen. Wir gingen ins Kino. Wir reisten in den Semesterferien nach Italien und bereiteten uns aufs Examen vor. Das Wiesenhaus wurde in dieser Zeit umgebaut. Einmal noch haben wir Monika besucht, kurz nachdem sie im Neubau eingezogen war. Reste des alten Hauses waren noch zu erkennen, aber seine Vergangenheit und seine Geschichte schienen wie ausgelöscht. Ähnliches widerfuhr dem Haus der Großmutter. Doppeltverglaste Fenster mit Sprossenimitationen wurden eingesetzt, rustikale Fliesen verlegt, in Nut-Feder gearbeitete Holzdecken angebracht und Betten, Schränke und Sitzmöbel aus polierter dunkler Eiche in die Zimmer gestellt. Freddi und Lisa führten uns durch ihr neues Heim, das sie größtenteils in Eigenarbeit abends, an Wochenenden und in den Ferien mit Hilfe ihrer Kinder und einiger Freunde umgebaut hatten.

Ich erinnerte mich an den Zustand vor dem Eingriff, als meine Großmutter schon allein lebte, nur zwei der zahlreichen Räume im großen Haus bewohnte und die übrigen ungenutzt blieben. Meine Eltern waren mit uns Kindern in einen anderen Teil der

Stadt gezogen und hatten kaum etwas mitgenommen. Die unbewohnten Zimmer kamen mir wie im Winterschlaf vor. Die Küche war zurückgeblieben, ein paar Sessel, die ein oder andere Kommode und das Elternschlafzimmer. Die halbleeren Räume, die nach unserem Auszug selbst im Winter nie beheizt wurden und deren Tapeten sich bald zu lösen begannen, wirkten traurig und müde.

Manchmal lagen Illustrierte auf den staubigen Möbeln. *Praline* hießen sie und *Neue Revue*. Frauen zeigten ihre Brüste, aber nicht mehr. Manchmal ging ich nur wegen der Zeitschriften nach oben. Es waren immer die neuesten Ausgaben. Ich weiß nicht, wer sie kaufte und dort zurückließ. Meine Großmutter sicherlich nicht. Jedenfalls sah ich sie nach unserem Auszug nie die Treppe hinauf in unsere ehemalige Wohnung gehen.

Ihren eigenen Körper hatte Großmutter sehr wohl im Blick, mehr noch, sie machte sich über ihn lustig. Sie witzelte über die faltige Haut, die tatsächlich von Hunderten kleiner Furchen, Runzeln und Rissen durchzogen war. Sie machte Späße über das graue Haar und das Gebiß mit der rosafarbenen Gaumenplatte, das sie im Wasserstrahl über dem Spülstein reinigte. Sie amüsierte sich über ihre altmodische Kleidung. Sie wußte, daß die schwarzen Wollstrumpfhosen zwar angenehm zu tragen waren und ihr die nötige Wärme spendeten, aber sie hätte sie wohl niemals als schön bezeichnet. Sie lachte über die zahllosen Kleidungsstücke, die sie sogar im Sommer tragen mußte, um nicht zu frieren. Gern blätterte sie vor unseren Augen laut mitzählend die Schichten ihrer Unterröcke auf. Und wenn sie die Unterröcke durchhatte, kamen die halblangen Unterhosen an die Reihe, die ihr bis zum Knie reichten und die sie über den schwarzen Wollstrumpfhosen trug. Jede Schicht der schwarzen, grauen und dunkelvioletten Textilien, die zum Teil gehäkelte Ränder aufwiesen, fächerte sie bei angelüpften Unterröcken mit der freien Hand wie ein Kartenspiel auf.

Als sie die Tage bei mir im Wiesenhaus verbrachte, erzählte sie, wie sie als Braut mit ihrem Mann zum ersten Mal ihr gemeinsames Schlafzimmer betrat. Es befand sich damals im zweiten Stock in der Mauerbachstraße, wo später unsere Kinderschlafzimmer und das Schlafzimmer meiner Eltern eingerichtet werden sollten. Nebenan schliefen die noch unverheirateten Brüder der Großmutter. Die Wände seien sehr dünn gewesen, erzählte sie mir, weswegen das frischverheiratete Paar, wie Großmutter erzählte, *stumm Handwerk* verrichten mußte.

Ich glaube, Großmutter vermißte die körperliche Liebe. Manchmal war sie verbittert. Ihr Mann starb, als sie vierundsechzig Jahre alt war. Wenn ich sie fragte, was mit ihr sei, sagte sie, *isch hann de Möpp!* Manchmal schlief ich als Kind bei ihr im Bett. Sie streichelte mir beim Gutenachtgruß mit der Hand übers Gesicht. Die warme Haut roch nach Kölnisch Wasser und etwas säuerlich Süßem, was ich nur von ihr kannte. Als ich viele Jahre später zum ersten Mal meinen Finger in die Scheide meiner Freundin einführte, erinnerte mich der Geruch an den eigenartigen Duft der großmütterlichen Hand.

Ich weiß nicht, wie sehr Großmutter ihren Mann geliebt hat. Er muß ein sanftes Gemüt gehabt haben. Und wenn ich ihren Darstellungen folge, dann war sie es, die sich ihn ausgesucht hat. Er gehörte zu den Mitarbeitern ihres Vaters beim Bergbau, und ihr Vater war es, der ihn hin und wieder mit nach Hause brachte, wo der Gast im Kreis der Familie zu Abend aß. Großmutter bedauerte ihn, weil er keine Eltern mehr hatte und schon als Kind zur Waise geworden war. Er kam aus einem benachbarten Seitental des Rheins, wo die Familie einen Gasthof geführt hatte. Dieser lag außerhalb des Ortes an einem Bachlauf zwischen Wiesen und Wäldern. Zu Beginn meines Studiums habe ich die sanierte Gaststätte der neuen Inhaber einmal aufgesucht und im Restaurant eine alte Fotografie entdeckt, die das Gebäude um die Jahrhundertwende zeigte. Der Familienname meines Großvaters war auf der Terrassenbrüstung in Frakturschrift zu lesen: *Räderscheid*. Und auf der Terrasse standen meine Urgroßeltern in schwarzer Kleidung und mein lächelnder Großvater als kleiner Junge neben seinen älteren Geschwistern.

Gegen Ende des Studiums erfuhr ich, daß aus dem Restaurant ein Swingerclub geworden war. Eine Kommilitonin erzählte mir, sie sei einmal dort gewesen. Sie hieß Wilma, lebte mit drei weiteren Studentinnen und meiner Freundin und späteren Frau in einer WG, wo man im Flur zu manchen Zeiten das Stöhnen aus mehreren Zimmern gleichzeitig hörte. Auf einem der plüschbezogenen Barhocker sei sie förmlich ausgelaufen, sagte Wilma, wobei es sie schüttelte. Und sie erzählte von einem Sprecher der IG-Metall namens Jörn Barschewski, der vom Regierungssitz aus in seinem Porsche samt Anhang zum Swingerclub gefahren kam und sich sichtlich zu Hause fühlte.

Als Großmutter dreißig Jahre alt war, heiratete sie den Mann, den sie sich ausgewählt hatte. Daß er lieber zuhörte, als selbst zu reden, kam ihr vermutlich entgegen. Sie wußte und entschied, was für alle das Beste war. Sie schimpfte über die Unarten der Leute, die sie, wie Jupp, de Lück nannte. Sosehr sie sich auch freute, wenn wir hungrig ihr Brot mit Krützjesbotter und Apfelgelee aßen, so sehr verachtete sie die Völlerei, die sie in den sechziger und siebziger Jahren zu beobachten glaubte. Mit beiden Händen demonstrierte sie die Portionen, die sich de Lück auf die Teller schaufelten. Sie schüttelte den Kopf über die Art Nahrungsmittel, die de Lück zu sich nahmen. Sie war überzeugt, daß in den Konservendosen nichts anderes als eingekochte Elefantenfüße steckten. Und sie stellte sich die Kothaufen vor, die de Lück ausschieden, zeigte mit den Händen die imaginierten Mengen und dachte laut über den Gestank nach, den die Exkremente verbreiteten. Maßloses Essen und wahllose Nahrungsaufnahme waren Großmutter ein Greuel, die rechte Menge dagegen eine Tugend, die gesund machte und froh und den Geist wach hielt für die Zwiesprache mit den Heiligen und dem Allmächtigen.

Verkörpert sah sie die Völlerei im Mann ihrer Tochter Lisa. Aber Freddi verkörperte nicht nur diese Untugend. Er wählte auch falsch. Zwar war er kein Mitglied der Partei, aber daß er es wagte, die SPD zu wählen und sich im Kreis der Familie auch noch öffentlich dazu zu bekennen, führte dazu, daß Großmutter ihm nicht traute. Außerdem störte sie sein freundschaftlicher Umgang mit einem stadtbekannten Bordellgänger, dessen Jagdgelände Freddi nutzen durfte. Er hieß Walter Frings, war Inhaber eines Bekleidungsgeschäftes und wurde *Fringse Bock* genannt, nicht nur weil er Jäger war.

Am schlimmsten aber war es für Großmutter, daß Freddi sonntags nicht in die Kirche ging. Ich weiß nicht, was sie gesagt hätte, wenn sie vom Inhalt seines Nachtischschränkchens erfahren hätte. Die Ablehnung durch seine Schwiegermutter quittierte Freddi in der Regel mit souveräner Nichtbeachtung. Dabei schwangen weder Geringschätzung noch Überheblichkeit mit. Freundlich gratulierte er ihr zu Namenstagen und Geburtstagen. Er ging mitunter sogar auf ihre Bemerkungen ein und hielt ihr lachend etwas entgegen, das die Dinge in einem anderen Licht erscheinen ließ, was Großmutter stets mit einer Handbewegung abtat.

Sie litt unter den Entwicklungen in den sechziger und siebziger Jahren. Sie las zwar kaum Zeitung, hörte aber Radio und sah, was sich in ihrer Umgebung veränderte, in der Familie und auf der Straße vor ihrem Haus. Sie schimpfte und mahnte, ohne zu ermüden, und ließ sich von niemandem, am wenigsten von ihren erwachsenen Kindern, besänftigen. Als ich klein war, empfand ich ihren Zorn als Altersschrulle, später schien er mir Ausdruck einer Verbitterung zu sein, heute sehe ich ihn als eine Art Widerstand. Der Zorn auf die Zeit machte ihr Mühe. Sie mochte ihn nicht, er war ihr unangenehm, ich glaube, manchmal hätte sie auch gern gelobt. Meinem Vater imponierte ihre Standhaftigkeit. Anfangs fühlte er sich mit der *strammen Katholikin* verbunden, wie er mir erzählte, bis er sich von ihrer Dominanz zunehmend eingeengt fühlte und ihre sich wiederholende Kritik als Leier empfand. Auch meine Mutter mochte ihre Klage immer weniger hören. Sie verdrehte die Augen, wenn Großmutter wieder anhob, den Lauf der Welt zu verurteilen. Großmutter ließ sich nicht beirren, was meine Mutter schmerzte. Manchmal war sie den Tränen nahe. Aber nicht nur, weil die Großmutter so unnachgiebig war, sondern vor allem, weil jegliches Bemühen, ihr dienstbar zu sein und ihr Leben im gemeinsamen Haus angenehm zu gestalten, auf so wenig Dankbarkeit stieß und ihr mehr Verdruß als Freude zu bereiten schien. Meine Mutter war zunehmend erschöpft und hörte nur böse Worte. Hilflos ertrug sie es und sammelte nur mühsam wieder Kraft.

Wenn meine Mutter keine Kraft mehr hatte und wegen der vielen Arbeit zu Hause allein mit zwei, drei, irgendwann vier Kindern und zwei alten Menschen in nächster Umgebung und wegen Großmutters Unzufriedenheit niedergeschlagen war, ärgerte sich mein Vater, was mir nicht verborgen blieb. Er verstand nicht, warum sie sich von ihrer Mutter so *drangsalieren* ließ. Sie solle ihr doch einmal *den Marsch blasen*! Das habe sie bereits getan, aber es nütze ja nichts, entgegnete meine Mutter mit trotziger Stimme. Einige, wenn auch wenige Male, wie sie später zugab, als wir Kinder allesamt schon aus dem Haus waren, habe sie vor Wut leere Marmeladengläser die Kellerstiege hinuntergeworfen. Das Krachen und Splittern habe sie erleichtert, die Scherben konnte sie schnell wieder auffegen. Für meine

Mutter bedeutete das Leben mit der großen Familie viele Jahre lang vor allem harte und aufreibende Arbeit. Als Paar vertrugen es meine Eltern immer schlechter. Mir tat der Unfriede weh. Als Kind konnte ich keinen Schuldigen erkennen und fand den Streit überflüssig. Für mich war alles richtig, so wie es war.

Das mochte zu Beginn auch mein Vater so empfunden haben. Er und meine Großmutter gingen sogar zusammen aus, kehrten im Stän ein und begossen bei Kölsch und Likör, den meine Großmutter trank, ihre gemeinsamen Anschauungen. Denn auch mein Vater war ein bekennender Katholik, vielleicht kein *strammer*, aber ein *treuer*. In seiner Kindheit und Jugend war er Meßdiener in der fünfzig Kilometer entfernten Kreisstadt gewesen, wo er 1933 geboren worden war. Der Pfarrer der Gemeinde hieß Josef Krantz, zuvor war er Seelsorger der Pfadfinderschaft Sankt Georg gewesen. Die Nationalsozialisten hatte er als *gottlose Bande* bezeichnet und wäre ins Konzentrationslager gekommen, wenn ihn der Bischof nicht von seinem Posten abgezogen und an den Rhein versetzt hätte, wie mir mein Vater erzählte. Dort versammelte Krantz die Kinder und Jugendlichen der Gemeinde, machte sie vertraut mit der Schönheit der Religion, der Freude des Glaubens und der Freiheit der Schöpfung und bewahrte sie vor dem Eintritt in die Hitlerjugend. Beinahe täglich trafen sie sich, wanderten und radelten an den Wochenenden und in den Ferien ins Freie, Mädchen und Jungen getrennt. Häufig war ihr Ziel das einsam gelegene Seekloster der Benediktiner.

Mein Vater bewunderte Großmutters Mut in der Hitlerzeit. Im Familienkreis und unter den Alten des Städtchens hieß es, eines Morgens habe sie ihre ältere Tochter, meine Mutter, zur Grundschule begleitet, um sich zu beschweren. Am Vortag hatte ihr meine Mutter erzählt, daß Rektor Jörgens während des Unterrichts in die Klasse gekommen sei und das Kreuz abgehängt habe. Großmutter kannte den Mann aus der Nachbarschaft und hatte ihn noch nie leiden mögen; zu Recht, wie sich jetzt herausstellte. Jörgens war in ihrem Alter, humpelte und trug im Gesicht die Narben einer Verletzung aus dem Ersten Weltkrieg. Sie brachte meine Mutter also ins Klassenzimmer, kontrollierte die Stelle über der Tür, wo üblicherweise das Kreuz hing, marschierte durch den hallenden Flur zum Rektorenzimmer, trat, wie erzählt wurde, ohne anzuklopfen ein, sah sich um, ohne den Rektor zu grüßen, erblickte den Hausmeister, der die ausrangierten Kreuze gerade in einer Kiste verstaute, nahm eines heraus, wandte sich in der Tür noch einmal zurück, sagte auf das Kreuz weisend, *Pitter, loß dinge Finger dovunn!* und hängte es im Klassenzimmer der Tochter wieder auf. Dort blieb es, bis das Gebäude in den siebziger Jahren abgerissen und durch einen Neubau ersetzt wurde.

Als nach 1933 die Juden in R. zunehmend in Bedrängnis gerieten und in der Folge viele fortzogen und auswanderten, ermahnte Großmutter ihre Kinder, die verbliebenen jüdischen Bürger freundlich zu grüßen. Als Kind habe meine Mutter einmal, wie sie mir selbst erzählte, dem Elternhaus gegenüber auf einer Mauer gesessen, als ein schwarzgekleidetes älteres Ehepaar, beide mit Hut auf dem Kopf und gelbem Stern auf der Brust, vorbeispazierte. Das Zeichen sei ihr gleich aufgefallen, weswegen sie es wohl intensiver betrachtet habe, was das Paar wiederum bemerkt haben mußte, denn auf der Höhe meiner Mutter blieben die beiden stehen. Sie wiesen auf den Stern und fragten, ob sie wisse, was er bedeute. Sehr traurig seien die Stimmen der Alten gewesen, erzählte meine Mutter, und daß sie ihren Blick nicht habe abwenden können. Eine Antwort gab sie nicht, sie nickte nur.

Nachdem 1938 die kleine Synagoge zerstört worden war, brachte Großmutter der jüdischen Nachbarsfamilie Wolff an jedem Wochenende einen Pudding. Sie trug die mit einem weißen Küchenhandtuch bedeckte Schüssel die Straße hinunter Richtung Neutor und übergab sie an der Tür. Nicht, daß sie mit der Familie einen besonders freundschaftlichen Umgang gepflegt hätte. Man kannte und grüßte sich als Nachbarn seit Jahren. Der Mann hieß Siegfried Wolff, seine Frau Mathilde. Die beiden Töchter, Isolde und

Waltraud, besuchten das Gymnasium, auf das auch ich Jahrzehnte später gehen sollte. Herr Wolff war Weinhändler und exportierte vor allem Rheinwein nach England. Als das Gerücht umging, die Juden würden die Stadt verlassen müssen und umgesiedelt werden, raunte Großmutter, *denne Jüdde dohn se nix Jodes*. Als sie daraufhin das Haus der Familie Wolff aufsuchte, um Näheres zu erfahren, war niemand mehr da. Männer in braunen Uniformen trugen die Möbel nach draußen und verstauten sie auf einem Lastwagen. Einer von ihnen war ein ehemaliger Mitschüler meiner Großmutter. Er hieß Josef Mertens und war Rathausangestellter. Auf ihre Frage, wohin die Wolffs denn umgesiedelt würden, entgegnete er, *no Madajaska*. Die Wolffs tauchten nie wieder auf, wie auch die meisten anderen jüdischen Familien nie wieder auftauchten. Der älteste Sohn von Josef Mertens, Gerhard, sollte einer meiner Gymnasiallehrer werden.

Familie Rosenthal flüchtete rechtzeitig in die USA. Doktor Rosenthal war Arzt und Mitglied im Vorstand der jüdischen Gemeinde. In den zwanziger und dreißiger Jahren hatte Lutt wöchentlich mit ihm Tennis gespielt und sich mit ihm und anderen Clubmitgliedern zum Früh- und Dämmerschoppen in einem Weinlokal getroffen. Vor der Flucht kaufte Lutt den Rosenthals einige Möbel ab. Den Bücherschrank mit den Glastüren schenkte er später meinen Eltern. Niemand hat je erfahren, wo sich die Rosenthals in den USA niederließen. Auch nach dem Krieg haben sie sich nie mehr gemeldet.

Anders als der Kaffeeröster und -händler *Jüdde Heinsche*. Meine Mutter hatte ihn, als sie mir von ihm berichtete, als kleinen, heiteren Mann mit schwarzer runder Hornbrille in Erinnerung. Auch er war Mitglied im Tennisclub, in dem damals Teile des wohlsituierten Bürgertums zusammenfanden. Er setzte sich ebenfalls nach Amerika ab, kehrte aber nach dem Krieg mit seiner Frau und den Kindern immer wieder nach R. zurück und besuchte die Familie meiner Großmutter. Bei Kaffee und Kuchen saßen sie unterm Birnbaum im Hof.

Einmal im Jahr, im August, zu Maria Himmelfahrt, dem Fest zu Ehren des Todes der Muttergottes und ihrer leiblichen Aufnahme in den Himmel, spazierten die Großeltern mit ihren Kindern nach dem Hochamt zu einem Ausflugslokal am Stadtrand unterhalb des Luisenbergs und aßen dort zu Mittag. Bei gutem Wetter saßen sie auf dem schieferkiesbedeckten Vorplatz im Schatten der Kastanienbäume an einem der runden, weißeingedeckten Eisentische. Das Lokal gibt es heute noch.

Auch im Sommer nach der Deportation der Juden besuchten meine Großeltern das Winzerhäuschen. Es war ein sonniger Tag, also ließen sie sich draußen an einem der Tische nieder und bestellten Wein und Limonade, Sauerbraten, Kartoffelklöße und Rotkohl. Während sie warteten, kamen die stadtbekannten Nationalsozialisten den Weg hinauf, teils in Zivil, teils in Uniform. Unter ihnen Rektor Jörgens und Josef Mertens. Ich stelle mir vor, wie meiner Großmutter der Atem stockte. Ihr Herz begann schneller zu schlagen, und die warme Sommerluft wurde mit einemmal schwer und legte sich wie ein klebriger Film auf ihre Haut.

Kaum hatte sich die Gruppe an einen der freien Nachbartische gesetzt, stand die Großmutter auf, sagte *lommer john!* und verließ das Lokal unter den Blicken der braunen Honoratioren und der übrigen Gäste, gefolgt von einem schweigenden Ehemann und irritierten Kindern. Die Kellnerin blieb zuerst sprachlos mit den Sauerbratentellern im Eingang des Winzerhäuschens stehen, rief dann den Großeltern hinterher, das Essen sei doch fertig, worauf Großmutter ihren Mann anwies, die Rechnung zu begleichen. Während er zahlte, stieg sie mit den Kindern den Weg hinab.

Meine Mutter konnte sich noch Jahrzehnte später an diesen Tag erinnern. Weniger an die Einzelheiten, die später im Familienkreis mit zahlreichen Spekulationen behaftet rekonstruiert wurden, als an ein Gefühl der Lähmung, das erst nur die Großmutter und schließlich die ganze Familie ergriff. So abrupt Großmutter vom Mittagstisch aufgestanden, an den

Männern um Jörgens und Mertens vorbeistolziert und abmarschiert war, so unversehens umwölkte sich ihr Gesicht und so zäh wurde der Weg durch die Stadt nach Hause, wo das Schweigen alles zu erstikken drohte. Dort saß die Familie in der Küche und aß die in Zwiebelringen gebratenen Spiegeleier. Danach zog sich jeder zurück, und die folgenden Tage wurden mühsam und dunkel.

Der Krieg erreichte die kleine Stadt spät. Lutt schraubte Bretter auf die Kartoffelhorden im Keller und legte Matratzen darauf. Die Gewölbe stützte er mit Balken ab. Das schwere Schiefergemäuer vermittelte ein Gefühl von Sicherheit, und so verbrachte die Familie manche Nacht zwischen Einmach- und Marmeladengläsern, Obstregalen und Gemüsekisten. Der Großvater war als Bergarbeiter in die Organisation Todt eingezogen worden. Er wirkte beim Bau der Befestigungsanlagen des Westwalls und in der Normandie mit. Am Haus der Großmutter zogen bald Gefangenenkolonnen vorbei. In aller Frühe gingen sie stadtauswärts, am späten Abend kehrten sie zurück. Schmutzig sahen sie aus, krank und elend, wie sich meine Mutter erinnerte. Sie schlurften über die Erde, gebeugt, mit hängenden Schultern, an den Füßen zerrissenes Schuhwerk. Im Schieferbergbau, hieß es, arbeiteten die Gefangenen. Hin und wieder wickelte Großmutter ein Stück Brot in vergilbtes Zeitungspapier und schickte damit meine Mutter, wenn die Kolonnen das Haus passierten, nach draußen. Ahnungslos und furchtsam steckte das Mädchen dem Erstbesten das Päckchen zu, ohne daß es von den Wachsoldaten ernsthaft daran gehindert worden wäre. Der Beschenkte schob das Brot sogleich unter die Jacke und klemmte es mit dem Ellbogen fest an den Körper.

Nach dem Krieg entstand auf der anderen Rheinseite ein riesiges Gefangenenlager. Aber diesmal waren die Gefangenen Deutsche. Meine Mutter begleitete Lutt auf den Luisenberg, von wo man das Areal überblicken konnte. Es erstreckte sich vom Ufer bis weit ins Hinterland und bedeckte sämtliche Felder und Wiesen. Aber von den Feldern und Wiesen war nichts mehr zu sehen. Was man sah, waren Abertausende Menschen, wie ausgestreut über einer aufgewühlten schwarzen Erdkruste. Es gab keine Häuser, keine Baracken, keine Zelte, nur eine müde Menschenmasse auf nacktem Boden, übersät von Löchern und Höhlen, zwischen denen dünne Rauchsäulen aufstiegen, umgeben von einem endlosen Zaun aus Stacheldraht.

Meine Mutter erzählte mir vom Gestank, der vom Lager ausging und auf den Leinpfad am Rhein drang, wo sie einige Male an Lutts Seite entlangspazierte. Die schmutzigen und zerlumpten Männer sahen sie mit ausdruckslosen Gesichtern an, stürzten sich aber plötzlich wie von Sinnen auf die Brotstücke, die Lutt aus dem Rucksack nahm und flink über den Zaun warf. Die patrouillierenden Soldaten schimpften zwar, schossen manchmal in die Luft. Weiter unternahmen sie nichts.

Am ersten Weihnachtstag 1944 saß die Familie bis auf den Großvater beim Mittagessen in der Küche, als ein Geschoß neben dem Haus explodierte. Der Boden und die Wände zitterten, die Fensterscheiben zerbarsten, und die Küchentür zum hofseitigen Windfang wurde aus den Angeln gerissen und in den Raum geschleudert. Man flüchtete in den Keller, auch die Nachbarn eilten herbei. Von da an hielten sich alle außer Lutt auch tagsüber meist im Schutzraum auf, wo gekocht, geschlafen und gespielt wurde. Lutt setzte die Küchentür wieder ein und dichtete die zersplitterten Fenster mit Pappe ab. Wenige Tage später brachte er einen französischen Zwangsarbeiter mit. Der Mann war im Sommer einem Gemüsebauern als Arbeitskraft zugeteilt worden. Die Zwangsarbeiter, hieß es, sollten abtransportiert werden. Man versteckte ihn im Keller.

Fliegerbomben und Granaten schlugen immer häufiger ein. Als Lutt im Februar den ersten amerikanischen Panzer sah, gab er das Zeichen zur Flucht, für die er bereits alles vorbereitet hatte. In der Dunkelheit der Nacht brach die Kellergemeinschaft in Richtung Wiesenhaus auf. In ihrer Handtasche trug die Großmutter die wenigen Schmuckstücke, die sie besaß, die Rosenkränze und die heilige Therese von Lisieux, deren Füße aus der Reißverschlußöffnung ragten. Meine Mutter und ihre Schwester schleppten einen kleinen Koffer und Jupp einen vollgestopften Rucksack. Auf dem Kopf trug er einen Wehrmachtshelm. Am Westwall hatte Jupp Schützengräben ausgehoben und war bei einem Bombenangriff von einem aufgeschleuderten Stein an der Schläfe verletzt und mit dem Stahlhelm auf dem Kopf wieder nach Hause geschickt worden.

Im Wiesenhaus machte die Gruppe Rast. Das Kaminzimmer und den Toilettenanbau gab es damals noch nicht, sondern nur den einen Wohn- und Schlafraum, der aber bereits vertäfelt war und über den Hirschgeweihleuchter und einen Holzofen verfügte, der an jenem frühen Morgen kurz gefeuert wurde. Als man in der Dunkelheit die Flucht fortsetzen wollte, hatte sich die Straße bereits belebt. Im Morgengrauen gab es kein Durchkommen mehr. Lärmende Panzer, unzählige Infanteristen und Lastwagen voller Soldaten strömten den Westerwald hinauf. Alles war in Eile. Lutt führte die Gruppe von der Straße fort über schmale Pfade und durchs Unterholz immer höher. In der Ferne hörten sie das Rumoren der Artillerie. Um die Mittagszeit flogen Flugzeuge dicht über die Wipfel hinweg. Die Kinder verlangten nach einer Pause. Am späten Abend erreichte man das Ziel, *Hähnen*, einen jener Bauernhöfe, denen Lutt das Geschirr für Ackergäule und Vieh lieferte und reparierte.

Die Bäuerin, *Hähne Eef*, machte im Haus der Großeltern seit Jahren ihre Stippvisiten, wenn sie mit einem Handkarren voller Butterblöcke nach R. hinunter kam und von Haus zu Haus zog, um die Ware zu verkaufen. Meine Mutter ekelte sich vor der Butter. Die dunkelgelben Stücke hätten nach Kuhstall gemüffelt und seien ranzig gewesen. Außerdem habe Hähne Eef nach Urin gerochen. In ihren schweren Bauernröcken habe sich die verschwitzte Frau auf der Küchenbank niedergelassen und meine Großmutter für ihren frischgebrühten Kaffee gelobt: *Dat Kätt mät de beste Bunnekaffekaffe*.

Hähne Eef und ihr Mann waren vorbereitet. Lutt hatte frühzeitig für die Unterkunft gesorgt. Es gab reichlich Vorrat, frisches Brot, ranzige Butter, Sauerkraut, Wurst, Speck, eingewecktes Obst und dazu täglich frische Milch und Eier. Der Hof war von Menschen überfüllt. Das Rote Kreuz hatte sich einquartiert und auf den Weiden rund um das Bauernhaus Zelte aufgeschlagen. Lutt kehrte noch nachts in die Stadt zurück. Als meine Mutter am Morgen vor die Tür trat, sah sie auf dem Vorplatz einen Fahnenmast, an dem die Rote-Kreuz-Flagge wehte. Der Boden war gefroren. Die Luft war frisch und klar, der Himmel weit, wie im Frieden.

Das Artilleriegrollen kam näher. Immer häufiger

drehten Flugzeuge ihre Kreise über den Bergen. Bald hörte man die Einschläge einzelner Granaten. Rote-Kreuz-Wagen fuhren heran, Verwundete schleppten sich zu den Zelten. Manche stützten sich gegenseitig oder wurden auf provisorischen Bahren aus Ästen und Decken herbeigezogen. Meine Mutter sah Männer, deren Beine in Fetzen vom Unterleib hingen, die ihre Armstummel mit der noch heilen Hand festhielten, sie sah zerschossene Schädel und verbrannte Gesichter, sie hörte das Stöhnen, Wimmern und Schreien, sie roch das Blut, den Schweiß und die Exkremente.

Als die ersten Schüsse in nächster Nähe abgefeuert wurden, versteckten sich die Hausbewohner, einige Verletzte und Uniformierte mit Hakenkreuzbinde am Oberarm im Keller des Bauernhofs. Der Zutritt befand sich neben dem Hauseingang. Die Türflügel wurden von innen verriegelt. Im niedrigen Gewölbe hockte man dicht an dicht. Der Gefechtslärm wurde lauter. Tiefflieger stürzten sich auf das Gelände, schwere Geschosse schlugen ringsum ein, Maschinengewehrsalven kamen vom Hof, dann wurde es still. Großmutter umklammerte die heilige Therese, einen ihrer Rosenkränze und betete vor, den Rosenkranz der schmerzensreichen Geheimnisse und der glorreichen Geheimnisse und immer wieder von vorn. Die meisten im Keller falteten die Hände und beteten mit. Auch der Franzose, den meine Großmutter als ihren stummen Neffen vorgestellt hatte, der aber beim Beten nur die Lippen bewegte. Einer der Uniformierten habe irgendwann die Hakenkreuzbinde vom Arm gestreift und sie unter einer Kartoffelkiste versteckt, erzählte mir die Großmutter während unserer Zeit im Wiesenhaus, wobei sie die Bewegungen seiner Hände nachahmte, die zuerst auf seinen Oberschenkeln gelegen, sich dann zusammengeschoben, langsam ineinander verschränkt und sich schließlich zum Gebet geformt hätten. Großmutter hielt mir ihre gefalteten Hände vors Gesicht und sah mich mit zusammengepreßten Lippen an.

Die Stille auf dem Hof dauerte an. Dann zersplitterte die Eingangstür zum Wohnhaus. Soldaten schrien auf englisch Befehle, Gepolter über dem Kellergewölbe, Soldatenstiefel im Laufschritt, und dann barsten die Türflügel zum Keller auf, und Maschinengewehrläufe stießen durch die Öffnung. Großmutter hob die Heiligenfigur empor, dazu den Rosenkranz, ein weißes Taschentuch und ließ vom Beten nicht ab. *Hands up!* schrien die amerikanischen Soldaten, *Come out!* Und alle schlichen nach draußen, einer nach dem andern, Großmutter mittendrin, umringt von ihren Kindern, in ihren Händen die Heiligenfigur, den freudenreichen Rosenkranz murmelnd, mit zitternder Stimme. An der Treppe zum Kellerausgang, auf den ersten Stufen, schaute sie einem der Soldaten ins Gesicht und sah zum ersten Mal in ihrem Leben einen Schwarzen, *e Jeseesch wie e Schwazzbrut*, und dieser Schwarze lächelte ihr zu, löste eine Hand von der Waffe, klopfte der Großmutter auf die Schulter und sagte, während sie an ihm vorüberging, mit kehligem R, *gut Frau, gut Frau!*

Der Weg zurück in die Stadt führte über ein Schlachtfeld. Ausgebrannte Panzer, zerstörte Mannschaftswagen, umgestürzte Geschütze, Soldatenleichen, verrenkt, zerrissen, zerfetzt zwischen Blut- und Öllachen und aufgewühltem Erdreich, Bombentrichtern und Eisenschrott. Über ihnen, wie unbeeindruckt, der immer noch blaue Winterhimmel. In der Ferne stieg Rauch auf.

Das Wiesenhaus fand Großmutter unversehrt vor, die Giebelwand des Hauses in der Mauerbachstraße jedoch war von Granatsplittereinschlägen übersät. Bis in die achtziger Jahre sollten sie sichtbar bleiben. Die kraterartige Oberfläche gehört zu den Bildern meiner Kindheit und Jugend. Erst als Freddi das Haus übernahm, wurden die Kriegsschäden ausgebessert.

Amerikanische Soldaten hatten sich in der Mauerbachstraße ausgebreitet. Lutt verhandelte mit ihnen, damit die Familie die Kellerräume nutzen durfte. Der Franzose war bei den Amerikanern auf Hähnen geblieben. Zwei Wochen später zogen die Soldaten aus der Mauerbachstraße ab. Großmutter sah sich im Haus um und stellte fest, daß zwei Steppdecken, das Silberbesteck und das Sonntagsservice aus Porzellan gestohlen worden waren. Im zugewucherten Park der halbzerstörten Nachbarsvilla ließen die Amerikaner Hühner, Gänse und eine Ziege zurück. Die Großmutter trieb das Vieh in ihren Garten. Für die Gänse hob Lutt einen Teich aus. Jeden Tag gab es frische Ziegenmilch zu trinken. Meine Mutter haßte sie, mußte ihren Becher aber Schluck für Schluck leeren. Wenn die Großmutter einen Pudding gekocht hatte, gab sie vor, ihn aus Kuhmilch zubereitet zu haben. Meine Mutter merkte, daß es Ziegenmilch war und mußte den Pudding trotzdem essen. Wenn die Großmutter von kranken Nachbarn hörte, schickte sie ihre Kinder mit einer Kanne Milch zu ihnen. Sie schwor auf deren heilsame Wirkung. Der Großvater saß zu dieser Zeit im Gefängnis und wurde wegen seiner Zugehörigkeit zur Organisation Todt von den Amerikanern verhört. Nach einigen Wochen kam er frei und konnte seine Arbeit im Schieferbergbau wieder aufnehmen. Er war weit gereist. In den Kriegsjahren hatte er die Steinbrüche Frankreichs kennengelernt und aus der Provence, der Bretagne, der Normandie und von Jersey Ansichtskarten geschickt. In die Zigarrenschachtel steckte Großmutter sie nicht. Die Ansichtskarten des Großvaters bewahrte meine Mutter auf.

In den ersten Monaten des Friedens stürzte sich die Großmutter ins Aufräumen und Wiederherstellen. Geradezu euphorisch sei sie gewesen, wie meine

Mutter erzählte, habe Zuversicht und Lebensfreude verbreitet. Im Herbst aber, als das Obst geerntet, eingemacht und zu Marmelade und Gelee verarbeitet war, die Pflaumen zu schwarzem Mus eingekocht, die Äpfel, Kartoffeln, Möhren, Kohlrabi und der Blumenkohl eingekellert waren, verfiel die Großmutter in eine Lethargie, die den ganzen Winter über dauern sollte. Vielleicht war es die Erschöpfung nach den Jahren des Krieges. Vielleicht war es die Erfahrung, daß sich die Stadt ihrer *Mütter und Väter*, ihre *gesegnete Heimat* vom Bösen hatte greifen und überrollen lassen, vielleicht war es auch das Eingeständnis ihrer eigenen Schwäche, nicht entschiedener gegen das tägliche Unheil angegangen zu sein. Sie erkannte sich selbst nicht mehr wieder, hielt dennoch bei aller Erschöpfung und schlechter Laune trotzig am Rosenkranz fest, murmelte, wie es meiner Mutter schien, gefühllos und sinnlos die Worte vor sich hin und wartete darauf, aus dem Stumpfsinn erlöst zu werden.

In jenem Winter übernahm vor allem meine Mutter die Verantwortung für den Haushalt, sie mußte kehren und kochen und in den Jahren später, als die Großmutter meinte, die Tochter sei kräftig genug, die Wäsche im Keller von Hand und im Elektrobottich waschen. Überhaupt wurde sie zum ausführenden Organ des großmütterlichen Willens.

Öpfersche bringe, das war der mit dem Dienen

verbundene Leitgedanke. Die Fähigkeit, zum Wohl anderer eigene Befindlichkeiten und Bedürfnisse hintan stellen zu können, bedurfte der Übung, je früher man sich daranmachte, desto stärker würde die Willenskraft zur Praxis. Schließlich hatte der Herrgott sein einziges Kind unter die Menschen gelassen, damit es ihnen diene, um die Liebe des Schöpfers intensiver denn je in die Welt zu bringen, wovon den jungen Mann weder Verachtung noch Folter und Tod hatten abhalten können, so jedenfalls deute ich Großmutters praktische Theologie. Darum war die Herzjesufigur auf ihrem Altar mittig plaziert und erhöht hinter den Reihen der Heiligen und Madonnen. Mit der Hand wies die Figur auf ihr offenliegendes, fast den gesamten Brustraum einnehmendes Herz.

Jupp hingegen mußte im Haushalt keinen Finger rühren, er war ein Junge und der Haushalt Frauensache. Er durfte faulenzen, und über seine Flegeleien und Eskapaden wurde hinweggesehen, so empfand es zumindest meine Mutter. Einmal stibitzte Jupp den Motorradschlüssel seines Vaters, den er mir gegenüber einmal als *Wöschlappe* bezeichnete. Mit seinem Dienstmotorrad fuhr dieser von der Betriebsschlosserei in R. zu den Steinbrüchen außerhalb der Stadt, wenn Maschinen defekt waren, um dann vor Ort zu entscheiden, wie die Reparaturen zu bewerkstelligen seien. Jupp hatte unter seiner Aufsicht im Hof das Motorradfahren gelernt. Außerhalb des Hofs zu fahren war ihm verboten worden. Ohne daß es jemand bemerkte, schob er das Gefährt den Farnweg zur Straße hoch und kurvte durch die Gassen der Stadt. Als Lutt ihm auf dem Gerbermarkt zurief, er solle anhalten, beschleunigte Jupp, lachte, raste über die Rheinstraße davon, verlor hinter dem Neutor die Kontrolle, schlug gegen die Bordsteinkante und stürzte. Wochenlang lag er im Krankenhaus. Die Großmutter besuchte ihn zur Strafe nicht. Statt dessen schickte sie täglich Mann und Töchter mit frischer Wäsche und Lebensmitteln. Das Motorrad wurde verschrottet. Mit einem Sparkassenkredit mußte der Großvater seiner Firma den Schaden ersetzen. Strahlend kehrte Jupp aus dem Krankenhaus heim und wurde von seiner Mutter wie der verlorene Sohn empfangen und umsorgt.

Jupp war der Liebling, der Kronprinz, in ihn wurden alle familiären Hoffnungen gesetzt. Eines Tages sollte er in die Fußstapfen seines Großvaters Jacobus Siemons treten, der seinerzeit angesehener Sprengmeister der Schiefer-AG gewesen war und Erbauer des Familiensitzes in der Mauerbachstraße, in die Fußstapfen des für die Familie sorgenden Lutt und, nicht zuletzt, in die der Großmutter. Jupp würde, wenn es an der Zeit wäre, der Familie vorstehen und nach dem Rechten sehen, auch wenn er von Geburt an kein braves, sondern ein ungestümes, eigensinniges und bald störrisches Kind war, das sich den Weisungen der Mutter entzog und sich ihrer strengen Hand widersetzte, in dem Maße, wie sie versuchte, es zu bändigen und zu steuern. Seinem starken Charakter würde ihre Autorität nicht schaden, mochte die Großmutter gedacht haben. Gesprochen hat sie darüber nie. Jupp jedenfalls war über fast jeden Zweifel erhaben. Als er ihr in der Pubertät zu entgleiten drohte, ließ Großmutter ihn laufen, ohne daß sie ihre erzieherischen Grundsätze aufgegeben oder vor ihm verborgen hätte. So machte Jupp einerseits, was er wollte. Auf der anderen Seite behielt die Großmutter ihre Macht über ihn und konnte seinen Lebensweg zumindest teilweise lenken. Glücklich wurde so keiner von beiden. Trotzdem hielt Großmutter an ihren Plänen für Jupp fest, selbst als er den Sattlermeister verweigerte, das Geschäft ruinierte, die erste Ehe in die Brüche ging, die zweite eine Mußehe wurde und seine Unzuverlässigkeit stadtbekannt und ihr, der Großmutter, am Ende nichts bleiben sollte. *De heilije Jupp* – so wurde er hinter seinem Rücken in der Familie genannt. Vielleicht hielt die Großmutter auch an ihm fest, um niemandem – und schon gar nicht sich selbst – ihre Niederlage einzugestehen.

Tante Lisa stellte sich bei der Hausarbeit wenig geschickt an. *Dat Liß hätt zwei linke Hänn*, fand Großmutter und zog sie selten zu häuslichen Tätigkeiten heran. In den ersten Jahren fühlte sich meine Mutter noch privilegiert, einen Teil der Verantwortung für die Hauswirtschaft übertragen zu bekommen. Es gefiel ihr, die alten Dielen aus dem 19. Jahrhundert zu schrubben und mit duftendem Wachs zu bohnern, bis sie glänzten und die süßlichen Schwaden wie Balsam die Räume füllten. Mit Hingabe polierte sie die mit Blumenranken verzierten Messingklinken der weiß lackierten Holztüren und Sprossenfenster. Vorsichtig nahm sie mit einem Tuch den Staub von den Büchern ihres Vaters, von den Altarfiguren ihrer Mutter und von den gedrechselten Pfosten des Geländers im Treppenhaus. Nur das Wäschewaschen im Keller war und blieb ihr verhaßt. Anfangs überstieg es ihre Kräfte. Als sie stark genug war und ihr die Arbeit leichter von der Hand ging, kroch das Brennen unvermindert in die Haut und das Stechen in Finger und Rücken. Als meine Mutter 1961 heiratete, ein Jahr nach dem Tod ihres Vaters, und im elterlichen Haus wohnen blieb, begann die anstrengendste Zeit ihres Lebens. Aus dem Privileg wurde ein Öpfersche, aus dem Öpfersche ein Opfer. Aber das Leben war nun mal so. Wenn man nicht mehr konnte, lag es an der eigenen Schwäche. Die Kinder, die junge Liebe, die anfangs noch dankbaren Alten, die kirchlichen und weltlichen Feste brachten den Alltag immer wieder zum Leuchten. Doch irgendwann hatte sie keine Kraft mehr. An eine Kur dachte niemand. Eine Erholungsfahrt mit dem Müttergenesungswerk kam für sie nicht in Frage. Erst mit dem Umzug aus der Mauerbachstraße sollte es besser werden.

Daß sich meine Eltern entschieden, nach der Hochzeit im Haus der Großmutter zu wohnen, hatte verschiedene Gründe, auch praktische und finanzielle. Sie sparten Miete. Außerdem würde mein Vater als Assistenzarzt in den kommenden Jahren an wechselnden Orten auswärts arbeiten und meine Mutter, zöge man in ein eigenes Haus, mit den zu erwartenden Kindern allein sein. In der Mauerbachstraße und in der Nähe der Verwandtschaft würde sie Gesellschaft haben und Unterstützung finden. Die Großmutter konnte sich ihrerseits kaum vorstellen, auf die Hilfe der Tochter verzichten zu müssen. Und schließlich fühlte sich mein Vater unter dem Dach der Schwiegermutter am richtigen Ort. Er mochte das alte Gebäude, in dem die Ruhe, das Vertrauen und die Zuversicht vergangener Epochen lebendig waren. Es war ihm eine Art Portal in eine Zeit, von der die Gegenwart durch das Dritte Reich abgeschnitten schien.

Zwischen Bücherwand, Cembalo und Fensterfront stand in der Mitte unseres Wohnzimmers der Eßtisch aus Nußholz, der immer von Tischdecken in dunklem Blau verhüllt war, umringt von einem Kranz blaugepolsterter Stühle, aus deren Sitzflächen die Rückenlehnen wie Rosenranken wuchsen. Mein Vater hatte das Mobiliar auf dem Lastwagen eines

Schrotthändlers entdeckt, nachdem Schloß Gemmenberg im Mauerbachtal in den späten Fünfzigern renoviert worden und die ausgelagerten Möbel irgendwann vom Speicher zum Sperrmüll gekommen waren. Der Sperrmüllwagen parkte vor einer Gastwirtschaft. Die beiden Schrotthändler saßen an der Theke und tranken Bier. Mein Vater kaufte die Fracht für neunzig Mark vom Wagen herunter und ließ die Stücke später, als es ihm seine Finanzen erlaubten, aufarbeiten.

Der Bücherschrank der Rosenthals stand zwischen den beiden Fenstern. Aber an Stelle von Büchern wurden darin das Sonntagsporzellan und die grünstieligen Rieslinggläser aufbewahrt. Die Sitzgruppe befand sich am Kopfende des Raums. Die hölzernen Füße und Armlehnen des Sofas waren mit geometrischen Schnitzereien verziert. Mein Vater hatte das vollständig verkleidete Sofa im Gastraum eines Weinlokals entdeckt, kaufte es dem Winzer ab, und als Lutt in seiner Werkstatt den Stoff entfernte, kamen die an eine römische Liege erinnernden Ornamente zum Vorschein.

Auf seinen Wanderungen stieß mein Vater in den Scheunen der Dorfbewohner auf ausrangierte Bauernmöbel, die meist lackiert waren und allenfalls als Werkzeuglager dienten. Die Bauern, auch die Familie von Hähne Eef, waren froh, sie für ein paar Mark loszuwerden. Unter den Lackschichten entdeckte mein Vater uraltes dunkelbraunes und sehr hartes Eichenholz, in das grobe Verzierungen gearbeitet waren. So kamen etliche Stücke zusammen, ein Hängeschränkchen für die Zigarren, Pfeifen und Spirituosen, ein Milchschrank für die Vasen und Karaffen und Truhen für Winterkleidung und Karnevalskostüme.

Zwischen und über den Möbeln hingen an den Tapetenwänden alte und neue Gemälde. Eines zeigte Maria, Josef und das Jesuskind im brüchigen Stall von Bethlehem vor weiter Landschaft mit Fluß, der mich immer an den Rhein erinnerte, nur daß der Fluß von Bethlehem friedlicher wirkte. Alle, bis auf das Kind selbst, waren in wallende Kleider gehüllt. Das weiße Gewand Mariens umspülte verschwenderisch ihre kniende Gestalt, der heilige Josef in tiefem Rot hielt eine Kerze in der Hand, deren Flamme er mit der anderen Hand schützte, zwei Damen in prächtigem Stickornat wirkten wie in stummer Zwiesprache vertieft, einer der Hirten, die sich im Hintergrund drängten, hatte einen Dudelsack unter seinen Arm geklemmt, in der Luft schwebten ebenfalls prächtig gewandete Engel und ließen weiße Spruchbänder durch die Luft flattern, und zwischen all den Menschen, Engeln und Stoffen, in ihrer Mitte, unter ihren stillen, nach innen gekehrten Blicken, lag auf dem Boden das nackte Kind.

Die neuen Bilder waren Ölgemälde, die mein Vater gemalt hatte. Eines zeigte eine Frau mit gefalteten Händen, sehr zarten Fingern und halb geschlossenen Augen. Sie gefiel mir, obwohl sie etwas Unnahbares hatte. Ich sah sie jeden Tag und betrachtete sie gern, es war, als ginge ein Blütenduft von ihr aus, obwohl sie nur nach Ölfarbe roch. Abends im Bett ahmte ich ihre Haltung nach, wenn meine Mutter mit uns Kindern das Abendgebet sprach. Und dabei geschah es manchmal, daß die Welt sich um mich her auflöste und meine Gedanken mich umhüllten wie die Gewänder die Figuren des Krippengemäldes.

Am besten aber gefiel mir in der elterlichen Wohnung der weiße Plattenspieler mit Radio. Es war das modernste Gerät im ganzen Haus. Es stand auf einem der breiteren Regalbretter der Bibliothekswand. Unter dem Plexiglasdeckel drehten sich die schwarzen Schallplatten mit den silbernen Etiketten in stoischem Gleichmaß. Aus den Lautsprecherrillen des Metallkörpers klangen die Stimmen großer Chöre, die *jauchzet* sangen und *frohlocket*, wozu Pauken schlugen, Trompeten schmetterten und Geigen, Flöten und Oboen jubilierten. Doch manchmal wirkten die Streicher düster, vor allem die tiefen, wie von großem Schmerz bedrängt, und die Sänger klagten und schrien fast das eine Wort hervor, *Herr!*, und wiederholten es ein zweites und ein drittes Mal, gefolgt von schweren Kaskaden des zerrissenen Wortes *Herrscher*.

Dabei machte ich eine interessante Entdeckung. Noch bevor das Orchester zu hören war, die Nadel hatte sich in die Rille der schwarzen Scheibe eingefurcht und produzierte das übliche Knistern und Kratzen, war der erste Akkord bereits gegenwärtig. Es handelte sich um ein Sekundenereignis, bei dem die Stille des Nichts mit der konzentrierten Kraft der Musik verschmolz.

Als ich Jahre später meine erste Stereoanlage und meine ersten Kopfhörer bekam, deren Ohrmuschelkapseln das akustische Geschehen noch verstärkten, stellte ich erneut verwundert fest, daß der Eröffnungsakkord in die unbespielten Rillen, die Zeit vor dem eigentlichen Einsatz, hörbar herüberdrang. Wobei ich nie herausfand, ob der Diamant tatsächlich eine reale Klanggravur ertastete oder ob er die Töne der folgenden, bespielten Rillen, auf welche Weise auch immer, erahnte. Den Rillenklang jedenfalls gab es.

Ähnliches beobachtete ich vor den großen Festen. Wenn der Alltag ausschließlich den Vorbereitungen gewidmet war und die Verrichtungen zunehmend in hektische Geschäftigkeit mündeten, spürte ich, wie die gewohnte Ruhe in den Zimmern zu einer klanglos-kalten Stummheit erstarrte. Besonders an Karfreitag, wenn die Welt verlassen und verloren war. Bis dann endlich der Diamant mit der Osternacht wieder fündig wurde in den dunklen Rillen und die Raumluft erneut in Schwingung versetzte.

Dunkel, wenn auch auf andere Art und Weise, begann Jahr für Jahr die Adventszeit. Das Nikolausfest fürchteten wir ebenso, wie wir es herbeisehnten. Es erschien nämlich nicht der Nikolaus selbst, sondern immer nur Knecht Ruprecht, der bei uns *Hans Muff* genannt wurde. Irgendwann erfuhr ich, daß Jupp in dessen Rolle schlüpfte. Möglicherweise besuchte der Nikolaus unsere Familie damals auch deshalb nicht, weil Jupp lieber den Teufelsbraten spielte. Am Nikolausabend jedenfalls saß die Familie immer zusammen und feierte und wartete. Es war laut und verraucht wie in einer Kneipe. Es wurde getrunken, gegessen, erzählt und gelacht.

An einem jener Abende, wir feierten bei Jupp zu Hause, klopfte es plötzlich an einem der Fenster im ersten Stock. Wir sahen hinaus, aber es war weder der Nikolaus noch Hans Muff, sondern Köbes, der Rabe, der mit seinem Schnabel gegen die Scheibe hackte. Wir öffneten das Fenster, und der Vogel kam herein, umkreiste die Ambrosiuskerze und setzte sich schließlich auf Hubertus' schwarzen Lockenkopf. Das Gelächter war groß, und Hubertus freute sich selbst am meisten. Lauser kläffte wie von Sinnen, Mimi bellte mit, und Jupp trieb die Hunde, als sie sich nicht beruhigen ließen, aus dem Wohnzimmer, kam aber selbst nicht mehr zurück, was uns nicht weiter auffiel.

Im Erdgeschoß öffnete sich eine Tür. Die Sorglosigkeit der Erwachsenen war seltsam. Kerzen wurden angezündet, der Schwefeldampf der Streichhölzer stieg uns in die Nase, meine Mutter stimmte das erste Lied an, und wir setzten uns auf die Schöße der Eltern und sangen, um uns Mut zu machen, lauter mit, als die Schritte langsam treppaufwärts kamen. Eine Faust schlug gegen die Tür, Hans Muff zwängte sich durch den Spalt, in der einen Hand den Kartoffelsack, aus dem Kinderbeine baumelten, in der anderen ein Bündel bunter Nikolaustüten. Er glotzte durchs Wohnzimmer, grunzte, tappte, humpelte klumpfüßig herum, während wir uns an die Eltern klammerten. Er schnüffelte über unsere Kinderkörper, packte Georg am Bein und versuchte, ihn von Lisas Schoß zu zerren. Georg schrie auf, wir alle schrien auf, die Hunde bellten hinter der Tür, Köbes flatterte durchs Zimmer, die Erwachsenen schimpften mit dem finsteren Gesell.

Je lauter sie es taten, um so mehr fühlte sich Jupp zum teuflischen Spaß gereizt, glaube ich. Als hätten Protest, Geschrei und Panik seine grausame Lust erst richtig entfesselt. Und so wie Jupp hinter der Maske des Bösewichts tobte und an Georgs Bein zerrte, schien es, als nutze er die Rolle, um unter den Augen der Familie seinen Unmut auszudrücken über die Sippe und sein Schicksal. Dieses Spiel aber war nicht nur Zeichen, sondern Tat. Die Angst und der Schrekken, die er verbreitete, waren wie ein Akt der Vergeltung. Ein Teil dessen wohnte wohl auch seinen schroffen Späßen inne, die er mit uns Kindern die restliche Zeit über trieb. So kommt es mir jedenfalls heute vor, Jahrzehnte später, in erzwungener Ruhe.

Es war das letzte Mal, daß der Teufel erschien. Zumindest tauchte er nicht mehr allein auf. Statt dessen kam fortan der heilige Nikolaus persönlich, gefolgt von den *Dienern Jottes* und mit Hans Muff im Hintergrund, der allenfalls mit den Ketten rasselte, aber keine Macht mehr hatte. Dafür hatte meine Mutter gesorgt. Sie hatte dem Spuk ein Ende bereitet. Entschieden war sie damals eingeschritten, hatte Georg aus den Klauen des Unholds befreit, ihm die Geschenktüten entrissen und ihn nach draußen gejagt.

Im August gingen wir mit den Marienprozessionen. Sie begannen um sechs in der Früh. An der Severinskirche, wo sich alle versammelten, spielte die Blaskapelle. Der Zug mit dem Kreuz an der Spitze, dem Baldachin in der Mitte und dem gewandeten Priester am Ende setzte sich langsam Richtung Luisenberg in Bewegung. *Maria breit den Mantel aus*, sangen wir und gingen zuerst über den Friedhof, vorbei am efeuüberwucherten Grab meiner Urgroßeltern und des Großvaters, wo später auch Lutt, die Großmutter und Jupp beerdigt werden sollten, wo uralte, aber niemals junge und mittelalte Menschen endeten, wie ich damals dachte, weil es mir nicht in den Sinn kam, daß ich oder einer von uns je sterben könnte. Alles schien auf Dauer angelegt, das Paradies war jetzt, eine Vorstellung, die mir erst als jungem Erwachsenen vollständig verlorengehen sollte, bis sie mit der Geburt meiner Kinder wieder aufflackerte, wie sie es jetzt tut, in den guten Stunden der Krankheit.

Zum Sonntag gehörte der Besuch des Hochamts in der Pfarrkirche ebenso wie das üppige Frühstück davor. Auch als ich Meßdiener wurde und nach dem Gottesdienst in der Sakristei den Einsatzplan für die folgende Woche abholte, kamen mir meine Termine so selbstverständlich vor wie der Stundenplan in der Schule.

Einmal fuhr ich mit dem Fahrrad zur Kirche, um in der Sonntagabendmesse zu dienen. Der Frühling hatte begonnen, und ich trug kurze Hosen. Als Erinnerung an den Winter lagen in manchen Straßen noch Reste von Streusand. In einer Kurve rutschte ich aus und schürfte mit der nackten Haut über die Lavakörner. Ich stieg wieder auf, lief in die Sakristei und zog über die Wunden das Ministrantengewand. Es wäre mir gar nicht eingefallen, meinen Dienst nicht zu verrichten.

Wenn der Papst an Weihnachten und Ostern der Welt seine Festtagsgrüße zusprach, besuchte mein Vater als Vorsitzender des Pfarrgemeinderats die Priester im Pfarrhaus, wobei ich ihn einige Male begleitete. Gemeinsam saßen wir im Wohnzimmer. Im Fernsehen übertrugen sie den römischen Festgottesdienst. Beim päpstlichen Gruß in allen Sprachen der Welt und beim Segen für Stadt und Erdkreis wurde es zunehmend stiller. Wir fühlten uns vom Heiligen Vater persönlich bedacht. Und ich war froh, zu einem Volk zu gehören, das er namentlich erwähnte.

Wahrscheinlich war ich deshalb so gekränkt, als Jupp begann, mich mit einem schiefen Lächeln auf den Lippen *Hilfspriester* zu nennen.

Er selbst ging nicht oft zur Messe. Außer an besonders hohen Feiertagen oder zu Beerdigungen habe ich ihn nie in der Kirche gesehen. Über die Amtskirche war Jupp verbittert. Dort habe er Pflichten, aber keine Rechte, sagte er einmal, was ich damals nicht ganz verstand. Ich ahnte nur, daß es etwas mit seiner Scheidung zu tun haben mußte, derentwegen er vom Altarsakrament ausgeschlossen war. Trotzdem, glaube ich, war Jupp zeit seines Lebens ein frommer Mensch. Die Formulierung hätte meiner Großmutter gefallen. Daß er nicht zur Kommunion gehen durfte, lastete schwer auf ihm. Er fühlte sich erniedrigt und reagierte mit Hohn.

Darum sang er gern seine eigenen Kirchenlieder. Vor allem im Auto. Natürlich wichen die Texte von den uns bekannten ab. Die Strophen klangen ähnlich, reimten sich auch, machten aber keinen Sinn oder stellten ihn auf den Kopf. *Meinem Heiland, tach Herr Lehrer*, sang Jupp laut und feierlich oder *Fest soll mein Saufbund immer stehen.* Wir lernten schnell, und bald kannten wir alle Lieder auswendig, nicht nur die neuen Kirchenlieder, sondern auch die weltlichen Gesänge, die mit der Stadt zu tun hatten. Einer handelte von einem Geißbock, der ins Nachbardorf Stolzenfels verkauft worden war. Dorthin, zum verkauften Bock, führte Mariechen eines Tages ihre Geiß. Der Bock freute sich über den Besuch des Geißleins, *ach watt hätt der Bock en Freud, mit däm Jeißje us de Heid.* Und den letzten Vers schmetterten wir Kinder im Chor mit Jupp als Stimmführer in dem schaukelnden Innenraum des Käfers: *Ä hätt et dann us Lieb un Dank, su rischdisch volljetank!*

Vor allem aber segnete Jupp gern. Manchmal, wenn er ein Zimmer betrat, zeichnete er zur Begrüßung mit akkurat ausgestreckter Handfläche wie ein Kardinal das Kreuz. Es war, als würde er die Luft mit einem Messer zerschneiden. Mit feierlichem Ernst schaute er uns an. Manchmal verteilte er auch Einzelsegen. Dabei sah er dem Auserwählten tief in die Augen und zog die Linien des Kreuzes dicht vor dem Gesicht. Meistens folgte unmittelbar danach eine Kopfnuß.

In der Küche der Großmutter packte er mich einmal nach dem Segen, drückte mein Gesicht an sein Gesäß, mit der Nase direkt über der Poritze, furzte so laut, daß ich die Vibration seiner Backen spürte, und hielt mich so lange fest, bis der Furz durch den Stoff seiner Arbeitshose gedrungen war. Ein Geruch der Verwesung fraß sich in meine Nebenhöhlen. Ich wehrte mich, hatte aber keine Chance loszukommen. Die anderen freuten sich, daß es auch mich einmal erwischt hatte. Ich wollte aus der Küche laufen, aber Jupp hielt mich am Arm fest, ich gab den Widerstand auf und wollte mich trösten lassen, spürte aber zum ersten Mal, das Jupps Trost eine Trostfalle war. Ich hielt still, so daß er und alle glauben mußten, ich wäre versöhnt. Doch ich war es nicht!

Ich wollte diesen Menschen nicht mehr sehen und vermied jede Begegnung, bis ich mich dem Kinderkreis irgendwann wieder anschloß, nachdem ich Jupp einen der roten Wachsnägel aus der Ambrosiuskerze gestohlen hatte. Erst Wochen nach seinem derben Übergriff in Großmutters Küche, als Ekel und Wut allmählich zu verrauchen begannen, hatte ich mich im Haus am Gerbermarkt wieder blicken lassen. Nur für einen Moment war ich im Wohnzimmer allein gewesen, mehr Zeit hatte ich nicht gebraucht. Ich sah die Osterkerze an ihrem üblichen Platz, rutschte kurzentschlossen vom Sofa zu ihr hin und zog den unteren Nagel aus dem weichen Bienenwachskörper. Es war, als erlöste ich nicht nur den Gekreuzigten von seinem Leiden, sondern auch mich von meinem. Den Nagel steckte ich in die Hosentasche. Bei der nächsten Wäsche wusch meine Mutter ihn mit, und als ich die Hose wieder anzog und in die Tasche griff, hatte ich den verknorpelten Klumpen in der Hand. Ich steckte ihn in eine meiner zahlreichen Schatullen und fand ihn erst wieder, als ich zum Studium das Elternhaus verließ.

Auf einer der ersten Fahrten mit Jupp nach dem Nagelraub kamen wir aus dem Westerwald und fuhren zufällig am Wiesenhaus vorbei in die Stadt hinunter. Jupp nahm den Gang raus, und wir rollten fast geräuschlos vorüber, wobei sein Blick das Areal abtastete, um nach dem Rechten zu sehen. Mir fielen die nutzlosen Verankerungen auf, die den Verlust der schwarzen Takenplatten um so sichtbarer machten. Kaum war das Wiesenhaus unserem Blickfeld entschwunden, legte Jupp wieder einen Gang ein, der Motor heulte auf, und mir rutschte die Bemerkung heraus, wie schade es sei, daß jemand die Platten gestohlen habe. Dabei sah ich, auf der Rückbank sitzend, weiter nach vorn, ohne Jupp zu mustern, aber ich merkte, wie er kurz zu mir nach hinten blickte. Er reagierte nicht weiter, und ich dachte zum ersten Mal, daß es vielleicht wirklich er selbst gewesen war, der die Platten gestohlen hatte, und daß er nie wieder wie früher mein bester Freund und Lieblingsonkel sein würde.

Bevor ich sterbe, muß ich erzählen, obgleich mir das Schreiben immer schwerer fällt. Tagelang bleibt der Laptop zugeklappt. Ich kann nichts tun, außer daliegen und dösen. Ich bin erschöpft, und mir ist übel. Manchmal würde ich am liebsten einschlafen und mich einfach davonstehlen. Dann höre ich die Stimme meiner Frau, die vorsichtig auf mich einredet, fühle ihre Hände an Stirn und Schultern und drehe mich schließlich auf den Rücken. Sie führt mich ins Badezimmer und braust mich in der Badewanne ab. Mit den Fingerspitzen massiert sie meine Kopfhaut, ihre Handflächen mäandern über meinen Körper und streichen das Öl in die welke Haut. Sie übersieht den Seitenausgang, auch wenn sie mir in den frischen Schlafanzug hilft. Vom Balkon aus schauen wir auf den Park, die Bäume beginnen sich zu verfärben. Der kleine Malte schlendert mit einem Ast in der Hand über die Wiese. Sie habe ihren Sonderurlaub um zwei Wochen verlängert, sagt meine Frau, *damit ich dich wieder fit kriege*, und setzt sich neben mich aufs Bett, spricht mir Mut zu. Ich bleibe stumm. Nach der Chemotherapie werde es jetzt langsam besser, sagt sie und hält meine Hand, nicht zu fest, aber sicher.

Onkel Lutt starb, als ich zehn war. In der Nacht nach seiner Beerdigung überfiel mich die Sehnsucht. Ich wollte mit ihm reden, aber er antwortete nicht. Es war, als würde meine Stimme von einem echofreien Raum verschluckt. Eine Furcht kroch in mich. Jahre später, als mich die großen Zweifel bestürmten, sollte diese Furcht wiederkehren, heftiger und grausamer als zuvor, daß die Welt mir dumpf und sinnlos vorkam, wie ein Moloch, der vor sich hin brütet und alles, was er hervorbringt, verschlingt.

Als Kind aber beruhigte mich schließlich der Gedanke, daß Lutt ja noch gar nicht in der Lage war, mir zu antworten, weil er doch gerade erst gestorben war und den Himmel erst einmal erreichen und zu sich kommen mußte. Dennoch war er mir so schrecklich fern, daß ich ihm einen Brief schrieb. Aus einem Notizbüchlein riß ich ein Blatt, strich es auf der weißen Klappfläche meines neuen Kinderschreibtischs glatt und malte mit meinem ersten blauen Füllfederhalter die runden Buchstaben in Schönschrift auf die Linien. Ich faltete den Zettel zusammen, schrieb Lutt darauf, band eine Wollschnur darum und warf den Brief aus dem Dachfenster des Speichers. Das Ende der Schnur klemmte ich am Fensterrahmen fest.

Meine Mutter mußte die Schnur entdeckt und den Brief aufbewahrt haben. Als sie nach Jahrzehnten begann, ihren erwachsenen Kindern zu Weihnachten Fotoalben zusammenzustellen, fand ich den Zettel in einer der Klarsichthüllen, ohne den roten Faden, aber zusammengefaltet wie damals. Nach Tagen im Freien auf dem Hausdach und aufgeweicht in der Regenrinne, vergilbt in den Jahren des Aufbewahrens, war er jetzt fleckig, verschmutzt und brüchig.

Meine Großmutter hatte Lutt in der Nacht, als er starb, noch ein Brötchen mit Butter und Käse ans Bett gestellt, das er später essen wollte, wie sie erzählte. Er hat es nicht mehr angerührt. Sie wickelte das Brötchen in eine Klarsichtfolie und bewahrte es bis zu ihrem Lebensende auf. Anfangs lag das durchsichtige Päckchen in einer blaugemusterten Kaffeetasse im Küchenregal, die ebenfalls am Sterbebett des Onkels gestanden hatte, später stand die Tasse samt Brötchen auf dem Altar. Es schimmelte nie, was meine Großmutter als gutes Zeichen deutete.

Hilflos stand ich damals im Wiesenhaus neben dem Sterbebett und reichte Lutt auf Wunsch meiner Eltern die Hand. Er drückte sie und sah mich an. Er mußte sich anstrengen, um atmen zu können. Seine Gesichtszüge waren unbeweglich, beinahe starr. Im Sterben kann das Leben schon weit weg sein. Es herrschte eine Distanz, die ich zuvor nie empfunden hatte. Als wären wir nie die besten Freunde gewesen, als hätte ich nie zwischen ihm und der teppichverhangenen Holzwand geschlafen, meinen Rücken an seinem gewärmt und am Morgen im Kokon des Plumeaus die frische Luft des ausgekühlten Zimmers geatmet, als hätte ich nie auf seinem Schoß vor dem Fenster gesessen und ins Gewitter geschaut.

Lutt lockerte seine Hand, und ich zog meine zurück. Im Ofen knarzten die brennenden Scheite. Die Glühbirnen dümpelten vor sich hin. Meine Mutter hatte rote Augen. Die Luft stand still. Sie roch nach Kaffee, alten Äpfeln, Holz und Asche, wie immer. Aber sie war dichter, dicker, zäher als sonst. Wir verabschiedeten uns von der Großmutter, die bei ihrem Bruder blieb. Das Gras und das Laub auf dem Weg waren gefroren. Am Morgen war Lutt tot.

Zur Beerdigung kam Jüdde Heinsche aus Amerika. Er verneigte sich vor dem Grab. Beim Leichenschmaus soll er erzählt haben, daß Lutt selbst nach Anfeindungen in der Zeitung gegen den *Judenfreund Ludwig Siemons* und nach expliziter Aufforderung, den Kontakt abzubrechen, mit ihm und Doktor Rosenthal weiterhin Tennis gespielt habe und zum Früh- und Dämmerschoppen erschienen sei.

Auch die erwachsenen Kinder von Doktor Strehlemann aus Hamburg, der schon vor Jahren verstorben war, kamen zu den Trauerfeierlichkeiten. Sie überließen meiner Großmutter einige Fotografien, die Lutt zusammen mit Strehlemann in japanischer Gefangenschaft zeigen, Lutt in kurzen Hosen und löchrigem Unterhemd als Koch neben einer Feuerstelle unter dem regentriefenden Vordach einer strohgedeckten Hütte. Andere Fotografien stammen aus der Tsingtauzeit. Man sieht Lutt, ganz in weiß, bei einem Turnier zur Rückhand ausholend, und im Hintergrund, in der ersten Reihe, nur für kundige Augen erahnbar, einen älteren chinesischen Herrn und neben ihm eine junge Frau.

Als sich auf dem Friedhof der Leichenzug die letzten Meter zum Grab an uns vorbeibewegte, zeigte meine Schwester Maria auf den Sarg und fragte, ob Onkel Lutt *in der Kiste da* liege. Jupp neben ihr nickte und erzählte, Lutt hätte im Sarg auf die Seite gebettet werden müssen. *Warum denn das*, fragte Maria. *Sons wö de Deckel nit zujejange*, sagte Jupp, *wäjen däm Puckel.*

Monate nach Lutts Tod zogen wir aus dem Haus der Großmutter fort. Mein Vater war mittlerweile Amtsarzt unserer Stadt geworden, sein Büro und die Praxisräume befanden sich am Rathausplatz. Während des Umzugs blieb Großmutter in der Küche. Wir Kinder liefen um die Möbelpacker herum und trugen manche Gegenstände eigenhändig in die Lastwagen. Als wir am späten Nachmittag losfuhren, winkte ich der Großmutter aus dem heruntergekurbelten Beifahrerfenster zu. Sie stand in der Tür, hatte eine geblümte Schürze umgebunden und hob kaum merklich die Hand.

Die arme Oma, sagte ich, während ich noch winkte. *Sie ist nicht arm*, sagte mein Vater, der am Steuer saß. Ich kurbelte das Fenster nach oben. Der Lastwagen war sehr laut, aber ich hörte den folgenden Satz deutlich, obwohl mein Vater ihn eher vor sich hin sprach: *Jetzt sind wir frei!*

Unser neues Zuhause war ein Fertighaus, das meine Eltern unterhalb des Luisenbergs gekauft hatten, und so zogen wir in die Nähe des Winzerhäuschens und jener Villa, in der Jupp mit seiner ersten Frau und den Schwiegereltern gelebt hatte. Zwischen den Fertigteilen des neuen Hauses konnte man die Nähte sehen. Die Ligusterhecke wirkte winzig. Der Rasensamen war spärlich aufgegangen, der planierte Untergrund schimmerte hindurch. Ein dreieckiges Rosenbeet zierte den Rasen unterhalb des Hauses vor der Terrasse aus Waschbetonplatten. Obstbäume, Obststräucher und Gemüsebeete gab es keine. Viele Jahre später pflanzten meine Mutter und ich einen Apfelbaum. Als das Bäumchen nur kleine Früchte trug, dachten wir zuerst, es sei noch zu jung, dann, daß der Boden zu schlecht sei. Wir pflanzten es um, aber die Früchte wurden nicht größer. Jahre später erfuhren wir von einem Gärtner, der die Gewächse ums Haus lichtete, daß der Baum nur ein Zierapfel war.

Durch die dem Rhein zugewandte Fensterfront des neuen Hauses sah man über das Balkongeländer auf den Fluß und die Nahlemündung. Das Wohnzimmer war hell. Es gab keine Schatten. Die Wohnzimmereinrichtung mit den Regalen, Büchern, dem weißen Radioplattenspieler und allem anderen war ähnlich arrangiert wie im Haus der Großmutter. Aber alles wirkte anders. Als stünden die Möbel in einem Schaufenster.

Da sah ich meine Eltern, wie ich sie zuvor nie gesehen hatte. Ich kam durch die Diele und blieb im breiten Durchgang zum Wohnzimmer stehen. Das Bild, das sich vor mir auftat, prägte sich mir ein, obwohl es sich nach einem winzigen Moment schon wieder auflöste. An der weiten Fensterfront, zwischen den gerade aufgestellten Möbeln und im Licht der frischgestrichenen weißen Wände umarmten sich meine Eltern. Dabei streckte sich meine Mutter auf den Zehenspitzen barfuß zu meinem Vater hoch, schob ihre Arme wie ein verliebtes Mädchen um seinen Hals und kreuzte sie hinter seinem Nacken, während mein Vater seine Hände um ihre Hüften legte und ihren Körper an sich zog. Gleichzeitig wiegten sich die beiden leicht hin und her und sahen sich an, ohne etwas zu sagen, stimmlos lachend, komplizenhaft. Als sie mich bemerkten, machten sie mir Platz. *Is dat nit schön hier?* sagte meine Mutter und drückte meinen Kopf an ihren Bauch.

In den nächsten Tagen und Wochen schien es, als wären wir nicht nur innerhalb der Stadt umgezogen, sondern ganz fort in eine andere Welt, in der alles neu begann, obwohl sich unser Tagesablauf kaum veränderte. Wir standen zur selben Zeit auf und gingen in dieselben Kindergärten und Schulen, wenn auch die Wege andere waren. Zum Mittagessen kamen wir, wie früher, zusammen, nun aber war auch mein Vater dabei. Die Mutter hatte gekocht, und das Essen war wie immer so gut wie fertig. Danach machten wir die Hausaufgaben, gingen nach draußen, trafen unsere Schulfreunde und Vettern und Cousinen, und nach dem Abendessen spielten wir weiter und gingen zu Bett.

Wie früher schauten wir auch bei der Großmutter vorbei, machten uns bei ihr ein Brot, tranken Geleewasser und wechselten ein paar Worte. Wir gingen zu Lisa und Jupp, die fragten, ob es schön sei im neuen Haus, was die Großmutter nicht tat. Vielleicht taten wir nur so, als wäre alles beim Alten geblieben, denn wenn sich anfangs auch wenig veränderte, so verloren die Gewohnheiten doch ihre Zwangsläufigkeit.

Ich glaube, meine Mutter war meinem Vater dankbar. Dafür, daß er der Motor des gemeinsamen Entschlusses gewesen war. Er hatte sie zu Hause rausgeholt. Wenige Monate nach dem Umzug machte meine Mutter den Führerschein. Sie fuhr gern Auto. In den neuen Supermärkten kaufte sie auf Vorrat ein und lud den Kofferraum voll. Manchmal unternahm sie eine Fahrt in die nächstgelegene Großstadt, um sich für den Sommer oder den Winter neu einzukleiden. Autofahren war für sie ein Ausdruck von Freiheit. In den folgenden Jahren begann sie auch zu verreisen.

Unabhängig von der Familie, gemeinsam mit ihren neuen Freundinnen, fuhr sie für wenige Tage nach München, Berlin oder Hamburg. Dort besuchte sie Museen, Konzerte und Opernaufführungen. Ihr Reisegeld floß größtenteils in Geschenke für uns Kinder und unseren Vater.

Am zweiten Feiertag der ersten Weihnacht im neuen Haus besuchte uns die Familie. Meine Großmutter kam nicht. Erst viele Monate später sollte sie unser Haus betreten, und auch in der Folgezeit ließ sie sich nur selten blicken. Die interessantesten Geschenke erhielten wir wie immer von Jupp. Er schenkte uns eine Eisenkette, einen Vorschlaghammer, eine Fahnenstange, ein Stoffzelt von der Ostfront, wie er sagte, und eine Carrerabahn mit zwei Rennwagen, allerdings ohne Geschwindigkeitsregler. Die Geschenke waren nicht neuwertig, was uns aber nicht störte, was uns nie störte. Die Bahn bauten wir sofort in einem der Kinderzimmer auf. Die Kunst bestand darin, die Kabelenden, an denen die Geschwindigkeitsregler hätten angebracht werden müssen, möglichst lange auf die Stromspur zu drücken und sie nur für einen Moment anzulupfen, damit der Rennwagen unter den Händen hindurchsausen konnte. Auch wenn man langsamer fahren oder anhalten wollte, mußte man den Stromkreis unterbrechen. Es dauerte eine Weile, bis wir die Technik beherrschten. Anfangs flogen die Wagen wie Geschosse durch die Luft.

Nach dem Nachmittagskaffee bauten wir das Zelt auf der Terrasse auf. Um die Stoffflächen zu spannen, wickelten wir die Schnüre um Steine. Die Fahnenstange banden wir ans Balkongeländer. Wir hißten einen weißen Kopfkissenbezug, auf den Jupp einen Indianerkopf gezeichnet hatte. Hubertus fing die Rabenfeder auf, die plötzlich herunterschwebte. Köbes, der zum ersten Mal am neuen Haus auftauchte, ließ sich auf dem Zeltfirst nieder, kackte, hüpfte auf den Boden, warf einen Blick ins Zeltinnere, flog aufs Balkongeländer und sah uns eine Weile zu. Jupp steckte Hubertus die Feder ins Haar und wickelte ihm, damit sie hielt, Paketklebeband um den Kopf. Dann zeichnete er mit Bleistift jenes Rabenbildnis, das für Wochen Hubertus' größter Schatz werden sollte. Als meine Eltern am späten Abend das Klebeband entfernten, weinte er sehr. Ganze Haarbüschel rissen aus. Die Rabenzeichnung hielt er dabei fest in der Hand. Die Familie war zu dieser Stunde bereits auseinandergegangen. Meine Eltern hatten viel aufzuräumen.

Während des Nachmittagspaziergangs der Erwachsenen war Jupp im Haus geblieben. Als die Spaziergänger zurückkehrten, hörten wir von unserem Indianerlager aus schrilles Gelächter. Wir liefen ins Haus und sahen, daß Jupp die Möbel umgestellt, die Bilder um- und auf den Kopf gehängt und die Teppiche aufgerollt und die Rollen aufrecht an die Wände gelehnt hatte. Die Stühle standen auf den Schränken, die Wohnzimmerstehlampe in der Küche, die Sessel im Badezimmer, auf dem Balkon und in der Gästetoilette, der Eßtisch im Flur, die Topfpflanzen in den Bücherregalen, und die Schnapsflaschen aus dem Hängeschränkchen lagen auf den marmornen Fensterbänken über den Heizkörpern.

Da der Braten, die Kartoffeln und das Gemüse im Backofen während des Spaziergangs gegart waren, wurde die übliche Ordnung nicht wiederhergestellt, sondern wir nahmen lediglich die Stühle von den Schränken, stellten sie im Flur um den ausgezogenen Tisch und trugen auf. Es war ein lustiger Weihnachtsabend. Es wurde viel gegessen und getrunken. Die Erwachsenen amüsierten sich immer lauter. Als wir unsere Gäste zum Abschied nach draußen begleiteten, sahen wir, daß Jupps Käfer vollgestopft war mit Teppichen aus unserem Haus, mit Gemälden, Weinkisten und zahlreichen Lampen, Krügen und Kreuzen. Mit Lachtränen in den Augen räumte mein Vater alles wieder aus. Jupp bedachte ihn mit einer Salve übelster Schimpfwörter.

Am nächsten Tag brachte uns Jupp einen Karpfen, den er am Morgen im Rhein geangelt hatte. Der Fisch lebte noch. Meine Mutter füllte die Badewanne und ließ das Tier vorsichtig hineingleiten. Bis zum Neujahrstag dümpelte der Karpfen vor sich hin. Wir streichelten ihn und wollten ihm zu fressen geben, was meine Mutter aber verbot. Am Neujahrsmorgen wurde er geschlachtet und im Backofen gebraten. Meine Mutter verteilte den filetierten Körper auf unseren Tellern, das größte Stück bekam mein Vater. Aber der Fisch schmeckte nach Schlamm und Motoröl. Wir warfen ihn in den Mülleimer. Seitdem gab es bei uns keinen Rheinfisch mehr zu essen. Der Fluß sei verseucht, sagten unsere Eltern. Die Muschelbänke faulten vor sich hin. Der Rhein war ein Kadaver.

Im neuen Haus kamen bald fremde Menschen zu Besuch. Die großen Männer in Anzügen rochen nach Rasierwasser. Die Frauen waren schön, trugen Hosenanzüge oder Kostüme, dazu Perlen- und Goldketten, ihre Haare waren frisch frisiert. Und sie dufteten, geheimnisvoll und verlockend. Sie sagten meinen Geschwistern und mir auf hochdeutsch gute Nacht, streichelten uns über die Köpfe, wenn wir schon in den Betten lagen und meine Eltern die Gäste durch die Zimmer führten. Wenn sie unsere Kinderzimmer verlassen hatten, schwebte ihr Duft noch eine ganze Weile in der Luft. Es war ein wohliges Gefühl, darin einzuschlafen.

Aus den neuen Gästen wurden Freunde. Auch deren Kinder lernten wir nach und nach kennen. Wir sahen sie in der Schule, bei Gruppenstunden in der Pfarrgemeinde, beim Meßdienertreffen und auf den Festen, zu denen sich die Familien gegenseitig einluden. Auch die Kinder sprachen Hochdeutsch, was mir imponierte und mich einschüchterte. Manchmal schwieg ich, weil ich mich für meine gewohnte Art zu reden schämte.

Die neuen Freunde der Eltern waren aus ganz Deutschland hergezogen. Einige waren Lehrer am Gymnasium, andere Ärzte und Anwälte. Auch der Amtsrichter von R. und seine Frau einschließlich ihrer vier Söhne gehörten dazu ebenso wie Angehörige der Bundeswehr, die im nahe gelegenen Fernmeldebataillon stationiert waren und, wie es hieß, *den Russen* ausspionierten und *den Chinesen.*

In der Bundeswehrkaserne wurde viel gefeiert. Es gab den Silvesterball, den Tanz in den Mai und die Frühjahrs-, Sommer- und Herbstbälle. Meine Eltern, vor allem meine Mutter, liebten sie.

Wenn sie ausgingen, wurden meine Geschwister und ich anfangs auf die verschiedenen Häuser der Verwandtschaft verteilt. Es war, als kröchen wir zurück in vertraute Höhlen. Später blieben wir allein zu Hause, weil ich mittlerweile alt genug war, wie meine Eltern meinten, um mich um die jüngeren Geschwister zu kümmern.

Maria konnte damals sehr jähzornig werden und schrie sich mitunter in eine Ohnmacht hinein. Das geschah vor allem dann, wenn sie etwas nicht bekam, was sie unbedingt haben wollte, oder ein dringender Wunsch ihr verweigert wurde. Nachdem sich unsere Eltern zu einer ihrer Einladungen verabschiedet hatten, spielten wir Fangen. Wegen der Uhrzeit und Hubertus' Husten, der ihn an diesem Abend wie so oft plagte, hatten die Eltern das Toben verboten. Maria stolperte, wir gaben ihr etwas zu trinken und wollten sie ins Bett bringen, denn es war bereits recht spät geworden. Sie weigerte sich. Ich bestand darauf, daß sie sich umzöge, die Zähne putzte und hinlegte. Sie weinte und schimpfte. Sie sei überhaupt nicht müde und wolle auch nicht vor uns schlafen gehen, was ich ignorierte, woraufhin Maria sich in ein solches Schluchzen hineinsteigerte, daß ihr wieder einmal die Atmung versagte. Ihr Kopf lief zuerst rot an, dann blau, bis sie die Augen verdrehte und nur noch das Weiß ihrer Augäpfel zu sehen war. Dann klappte sie bewußtlos zusammen. Begleitet von Hubertus' keuchendem Husten hoben Martin und ich sie an den Fußgelenken hoch und schüttelten sie mit dem Kopf nach unten durch die Luft, eine Maßnahme, die unser Vater verschiedene Male erfolgreich angewandt hatte. Maria schnappte nach Luft, schrie wieder, wechselte die Farbe von Blau nach Rot und mußte noch sehr lange getröstet werden. Hubertus stand hustend daneben.

Er hatte einen lauten, mal harten, mal rumorenden Husten, der manchmal dazu führte, daß er sich übergab, so auch an dem Abend, als wir Maria aus der Ohnmacht geschüttelt hatten. Wir lagen schon in den Betten, Maria war wie immer zu mir unter die

Decke gekrochen und bald eingeschlafen, wobei sie an meiner Seite schon kräftig schwitzte, als Hubertus erneut einen Hustenanfall bekam und das Abendessen aus Haferflockenbrei, Fleischwurstbrot und Hagebuttentee erbrach. Ich hörte den Schwall auf den Boden platschen. Hubertus weinte und hustete weiter. Ich sprang aus dem Bett, schaltete das Licht an, klopfte ihm auf den Rücken, er würgte, Maria wurde wach, hatte Angst und weinte ebenfalls. Martin schlief weiter. Er schlief immer sehr fest. Kaum lagen wir im Bett, drehte er sich auf die Seite, zog die Decke über die Schulter, und weg war er. Als der Hustenanfall nachließ, half Maria mir, Hubertus den beschmutzten Schlafanzug auszuziehen, ihm im Badezimmer die Zähne zu putzen und frisches Nachtzeug überzustreifen. Dann bezogen wir sein Bett und deckten ihn zu. Er schlief schnell ein, wie Maria, die neben mir lag, schwitzend und träumend.

Mitten in der Nacht wachte ich auf, schaltete das Licht an und sah eine Spinne, die über die Zimmerdecke krabbelte und Fäden spann. Ich ging durch das leere Haus, legte mich wieder ins Bett, sah die Spinne, wie sie an ihrer Netzkonstruktion arbeitete, und stellte mir vor, daß sie unsere Betten und schlafenden Körper in ihr Gespinst einwickeln würde. Ich holte einen Besen und kehrte das Tier von der Decke. Es fiel zu Boden und versteckte sich, bevor ich es zertreten konnte. Ich ging ins Eßzimmer, wo unser neuer und erster Schwarzweißfernseher stand, schaltete ihn ein, aber das Programm war schon beendet. Ich schaltete das Gerät wieder aus und schrieb meinen Eltern einen Brief von *ekeliegen Spienen*. Später erhielt ich ihn in einer von Mutters Fotomappen zurück. In eine Decke gewickelt, war ich auf dem Wohnzimmersofa eingeschlafen. Am Morgen wachte ich in meinem Bett auf.

Meine Mutter feierte ihren Geburtstag gern mit Kaffeekränzchen am Nachmittag, zu dem sie ausschließlich Frauen einlud. Sie buk Obstkuchen, Schwarzwälder Kirsch und Windbeutel, die sie mit Sauerkirschen und Sahne füllte. Meine Geschwister und ich mußten den Frauen, die um eine weißgedeckte Tafel saßen, die Hand geben und einen Diener beziehungsweise einen Knicks machen. Lisa, Anni und Großmutter waren nicht dabei. Auch zu den Abendgesellschaften kam die Verwandtschaft nicht. Es gab die Feste mit der Familie, und es gab die Feste mit den Freunden. Es wurde strikt getrennt.

Zu den Festen mit den Freunden wurde auch der evangelische Pfarrer Peters mit seiner Frau eingeladen. Sie hatten vier Söhne. Frau Peters kam auch zu den Kaffeekränzchen meiner Mutter. Sie trug ihr dunkles Haar kurz und hatte riesige Augen und einen breiten Mund, den sie beim Reden weit öffnete. Wenn sie sich mit uns unterhielt, ging sie in die Hokke, und sie sprach mit uns wie mit Erwachsenen, was die anderen Frauen nicht taten. Sie wollte wissen, welche Lehrer und Kindergärtnerinnen wir hätten, wie es uns in der Schule und im Kindergarten gefiel, ob wir gern malten und welche Bücher wir mochten. Wir staunten über das, was sie alles wissen wollte, und erzählten, was wir in dieser Form nicht gewohnt waren, von uns selbst. Frau Peters griff unsere knappen Auskünfte auf und verglich sie mit den Vorlieben ihrer eigenen Kinder. Eine Unterhaltung auf Augenhöhe war neu für uns, und ich glaube, wir stellten uns ziemlich linkisch an. Wieso hatte Frau Peters es nötig, sich mit einem Kind zu unterhalten? Anfangs dachte ich, sie sei nicht ganz dicht.

Einmal wollte Frau Peters wissen, ob wir auch fernsähen und welche unsere Lieblingssendungen seien. Ich sagte, daß ich am liebsten *Lassie* sähe. Ich strahlte sie an, weil ich davon ausging, daß sie die Serie kannte und meine Liebe zu diesem Collie, der wie ein guter Freund war und Kinder wie Erwachsene aus allerlei Gefahren rettete, fraglos mit mir teilen würde. Sie tat es nicht. Im Gegenteil. Statt dessen klärte sie mich darüber auf, daß das alles gar nicht echt, daß Lassie ein normaler Hund und sein vermeintliches Talent zur Freundschaft nur antrainiert sei. Letztlich wisse der Hund gar nicht, was er tue, weswegen diese Geschichten ein einziger Betrug seien. Dabei sah sie mich mit ihren Riesenaugen an, ihr Riesenmund öffnete sich, wie mir schien, noch weiter als sonst, als wollte er den Hund und meine Freundschaft zu ihm verschlingen. Ich wurde verlegen, lächelte die Pfarrersfrau ungläubig an, sagte aber nichts. Ihre Ausführungen schmerzten mich. Und sie tat mir leid. Offensichtlich hatte sie nichts verstanden, und ihre Argumente interessierten mich nicht, denn in den Geschichten der Landfamilie fand ich eine mir vertraute Wirklichkeit, die sie schlechtredete, weil sie sie nicht kannte. Dennoch wurde ich ihre Gedanken nicht mehr los.

Die vier Söhne der Peters waren hellblond und schlank, sie hatten braune Augen und schöne Gesichter. Sie hießen Albrecht, Johann, Sebastian und Christoph. Irgendwann erfuhr ich, daß ihre Namen etwas mit Alten Meistern der Malerei und Musik zu tun hatten. Nach wenigen Jahren zogen die Peters wieder fort aus der Stadt. Über Albrecht, den ältesten, hörten wir, daß er noch vor dem Abitur Schule und Familie verlassen hatte und allein um die Welt reiste. Später hat er sich die Augen ausgestochen und wurde in einer Heilanstalt untergebracht, wo er bis heute lebt.

Bevor ich sterbe, muß ich erzählen. Wie meine Kindheit verging. Wie sie im spröden Geist der Zeit langsam verdorrte. Was ich damals nur ahnte, so wie man manchmal den Wechsel einer Jahreszeit nur am Rande wahrnimmt und plötzlich überrascht ist, wie sehr sich alles verändert hat.

In der Wohnung ist es gerade ganz still. Ich liege, ruhe und lasse die Stunden vergehen. Draußen fallen die Blätter. Mein Trost: Es wird nicht mehr schlimmer. Das Geheimnis des Sterbens: Es liegt nicht in unserer Hand.

Meine Frau liest mir oft vor. Meine Kinder kommen und gehen und erzählen vom Tag, von der Schule und vom Kindergarten sprechen sie wenig. Wenn man fragt, wie es war, sagen sie übertrieben, *sehr gut*, nikken heftig mit dem Kopf, machen große Augen, um zu demonstrieren, wie schön es in Schule und Kindergarten gewesen sei und wie wohl sie sich fühlten und daß wir uns keine Sorgen machen müßten.

Wenn die Kinder nach Hause kommen, bringen sie die Luft von der Straße mit, von Schulhof und Spielplatz, aus Klassenräumen und Spielzimmern. Ihre Taschen lassen sie, kaum haben sie die Wohnung betreten, auf den Kelim in der Diele gleiten und schauen, noch in Mänteln und Jacken gehüllt, bei mir vorbei. Mit klaren Augen sehen sie mich an, drum herum das Wirrwarr einzelner abstehender Haare aus den dunkelblonden Mähnen, und fragen, *na, wie geht's?* Ins Gesicht geschrieben steht ihnen die Sorge nicht, nur um die Mundpartie.

Den kleinen Malte habe ich lange nicht mehr gesehen. Die Herbstsonne leuchtet ins Zimmer. Ich atme den kühlen Luftzug, der durchs gekippte Fenster weht. Beim letzten Mal saß Malte mit einem Laserschwert aus Plastik auf dem Dach der ramponierten Telefonzelle und wartete. Er war zu weit weg, er hätte mein Rufen nicht gehört.

Nach dem Umzug ins neue Haus verlagerten sich die Treffen mit den Vettern und Cousinen zunehmend aufs Wochenende. Manchmal waren auch Freunde dabei. Die jüngere Schwester eines Nachbarjungen, Sabine, zog sich gern aus, wenn wir Arzt spielten. Das heißt, eigentlich spielten wir nur Arzt, damit sie sich auszog. Bereitwillig legte sie sich aufs Bett und schob Strumpf- und Unterhosen hinunter bis zu den Knöcheln. Ein Teil des Ärzteteams stemmte sich gegen die Zimmertür, damit die Jüngeren nicht hereinkamen. Die anderen untersuchten das Nachbarmädchen. Viel Zeit gab es nicht, weil jeder an die Reihe kommen wollte und wir dem Druck derjenigen, die von draußen hereinzudrängen versuchten, nicht dauerhaft standhalten konnten.

Oft spielten wir Familie. Die Eltern durften im *Elternschlafzimmer* der aus Decken, Badehandtüchern und Laken aufgespannten Behausung schlafen. Die Tage dauerten mir immer zu lange. Eigentlich zielte alles auf die Nacht. Offiziell Seite an Seite neben einem Mädchen liegen zu dürfen war die perfekte Konstellation. Meistens lag ich neben meiner um ein Jahr älteren Cousine Susanne. Auch ihr war daran gelegen, daß ich ihr Mann wurde. Sooft wir uns über die Jahre schon nackt gesehen hatten, Teilnehmer unserer Dachboden- und Arztgeschichten gewesen waren und Freddis Nacktfotografien betrachtet hatten, so scheu lagen wir bäuchlings unter dem Dach aus Bettüchern beisammen. Ich sah Susannes Hinterkopf und einzelne Haare unter meinem Atem wippen. Wir schwiegen und warteten. Ich legte eine Hand auf ihren Rücken. Sie rührte sich nicht, was ich als Zustimmung deutete, schob die Hand unter den Bund ihres Rocks und ließ sie auf ihrem nackten Po liegen. Sie ließ es geschehen. Viele Jahre später, als wir schon erwachsen waren, fragte sie mich einmal, ob ich noch wisse, daß wir früher immer heiraten wollten. Ich sagte ja, erinnerte mich aber an keinen Heiratswunsch, sondern nur an meine Hand auf ihrem Gesäß.

Die meiste Zeit verbrachten wir draußen. Die frische Luft war Lebenselixier, unsichtbares Element der Freiheit, das zu jeder Jahreszeit anders roch. In einem Winter wanderten wir abseits der gefrorenen Wege einen von mächtigen Buchen bestandenen Berghang hinauf. Schnee war noch keiner gefallen. Am Gipfel stießen wir auf ein Schotterfeld aus Basaltsäulen, aus dem eine Burgruine ragte. Mit Finger- und Fußspitzen in den Steinritzen kletterten wir die Turmwand hinauf. Von den Zinnen sahen wir die weite Welt. Wir waren die Ritter des Nordens. Wir planten, den Turm auszubauen. Wir würden Jupp bitten, uns Balken, Bretter und Leitern über Waldwege hinaufzufahren. Wir würden eine Tür einsetzen, sie mit einem schweren Eisenschloß verriegeln und an Wochenenden und in den Ferien im Turm leben. Aber dazu kam es nicht. Viele Pläne blieben Wünsche. Die Wünsche waren Wirklichkeit genug.

Auf der anderen Seite des Burghügels entdeckten wir unterhalb des Schotterfeldes einen Teich. Die Vertiefung sah aus wie einer jener Bombentrichter, von denen die Hänge um die kleine Stadt übersät waren. Eine dünne, rissige Eisschicht bedeckte die Wasserfläche. Holzbalken lagen im Gestrüpp daneben. Wir zogen sie heraus, schoben sie im zerbrechenden Eis nebeneinander und banden sie mit Stacheldraht zusammen. Als das Floß fertig war, losten wir aus, wer als erstes in See stechen durfte. Martin und ich gewannen. Wir balancierten zur Mitte des Floßes und stießen uns mit einem Stock ab. Das Eis knirschte und splitterte. Wir glitten weiter hinaus.

Der Teich dehnte sich zu einem See, zu einem Ozean. Wir waren Freibeuter der Sieben Meere. Alle jubelten, auch noch, als sich die Balken aus der Verdrahtung lösten und das Floß sich in der Mitte teilte. Im Spagat versuchten wir, die Hälften wieder zusammenzuschieben, es gelang uns nicht. Der Spagat wurde größer, wir sanken bis zu den Hüften ins Wasser, wateten mit erhobenen Armen ans Ufer und rannten nach Hause. Dort waren wir wieder Kinder.

Irgendwann wurde auch der Abstand zwischen unseren Unternehmungen am Wochenende größer. Wir entdeckten noch die Höhlen auf dem Ernstberg, die tief in den Berg hineinführten, wo sich der Hauptweg verzweigte und mitunter nur noch bäuchlings weiterzukommen war, bis sich der Gang wieder vergrößerte und in neue Räume mündete. Als Höhlenforscher erkundeten wir die unterirdische Welt mit Kerzen und Fackeln, markierten den Weg mit Teelichtern, um wieder zurückzufinden. Manchmal entdeckten wir Fledermäuse, die sich in den Spalten festgeklammert hatten. Ihr Fell war von Wasserperlen bedeckt. Wie streichelten sie, aber sie rührten sich nicht. Unter der halbkuppelförmigen Vertiefung in einer der Steinwände außerhalb der Höhle ließen wir uns nieder, machten Feuer und stellten Raviolidosen in die Glut. Wir waren Schatzsucher bei der Rast.

Auf dem Rückweg überquerten wir eine Kuhwiese ohne Kühe. Die Fladen waren getrocknet. Wir zwängten uns durch den Stacheldrahtzaun und rollten mit ausgestrecktem Körper wie Walzen den Steilhang hinab. Wir überschlugen uns und wirbelten kopfüber in die Tiefe. Wuchtig schlug einer nach dem anderen auf. Wir hoben die Köpfe. Um uns her verstreutes Gebein in der Erde, Knochen, wohin wir auch sahen, Rippen, die halb aus dem Laub ragten, und ein Schädel, dessen Kiefer aufgerissen war. In den Augenhöhlen klebten die verschmierten Reste von Haut und Haar. Mit den Füßen tasteten wir die Knochen ab. Mit einem Zweig löste ich das Fell vom Schädel, hob ihn auf, betrachtete ihn von allen Seiten, hielt ihn mir vors Gesicht und tanzte den Knochentanz. Wir waren Indianer auf der Jagd. Das Gebein nahmen wir mit nach Hause. Beim nächsten Karneval ging ich als Steinzeitmensch und band mir den Schädel auf den Kopf.

Als Thomas sein erstes Mofa bekam, begleiteten wir ihn mit unseren Fahrrädern in einen verlassenen Steinbruch oberhalb der Stadt und machten Geländefahrten. Die Ältesten wechselten sich mit dem Mofa ab, die anderen drehten ihre Runden auf dem Fahrrad. Um uns das Rauchen anzugewöhnen, trafen wir uns dort eine Weile täglich und pafften einige Schachteln leer, bis wir die ersten hustenfreien Lungenzüge hinbekamen.

Thomas war uns allen voraus, in seinem Zimmer

hingen die ersten Poster mit Filmschauspielern und Popsängern. Wir verdunkelten sein Zimmer, legten farbige Tücher über die Nachttischlampen, drehten die Musik des Kassettenrecorders auf volle Lautstärke und schlugen auf die imaginären Gitarren und das Schlagzeug ein. Kurze Zeit darauf gelangte Thomas in den Besitz eines eigenen Magazins mit Nacktfotos. Die verklebten Hefte stapelte er hinter den Reisekoffern in einer ausgebauten Dachschräge. Wir betrachteten die Nacktfotos aber nicht mehr in der großen Runde, erst recht nicht in Gegenwart der Mädchen. Ich hätte mir die Bilder lieber allein angeschaut, was aber schwierig zu organisieren war. Ein eigenes Heft besaß ich nicht und suchte danach im Schlafzimmer meiner Eltern. So wurde ich zum Nacktfotosucher.

Ich suchte in allen mir zugänglichen Erwachsenenschlafzimmern. Überall, wo ich ein Versteck für Heimlichkeiten vermutete, suchte ich nach ihnen. Erotische Romane entdeckte ich, die im Hohlraum hinter der ersten Bücherreihe versteckt waren. In einem flog eine junge Frau nach Asien und erlebte bereits im Flugzeug mit ihrem Nachbarn von der Stewardeß unbemerkt ein Abenteuer. In einem anderen machte ein britischer Offizier im Indien der Kolonialzeit die Bekanntschaft mehrerer Damen einer englischen Familie, in deren Villa er die Jüngste in die Kunst der Liebe einführte. Auf einem Kleiderschrank spürte ich ein Kondom auf, das ich später im Badezimmerwaschbecken ausspülte, trockenföhnte und in der Schachtel zurück auf den Schrank legte. Zwischen gefalteten Handtüchern stieß ich auf eine Tube mit durchsichtigem Gleitgel, in einer Sockenschublade auf die Broschüre eines Erotikversands, im Otto-Katalog wirkten die Erotikartikel zwischen den Drogerieprodukten wie versteckt.

Thomas war auch der erste unter uns, der mit einem Mädchen schlief. Er war mit ihm nur kurz zusammen, aber alles ging wohl sehr schnell, was er allerdings nicht sonderlich detailliert erzählte. Ausführlich dagegen berichtete er von einer jungen Altenpflegerin. Sie hieß Lydia Brunken, schloß sich an einem Karnevalstag dem Freundeskreis um meinen Vetter an und lud die jugendlichen Männer zu sich nach Hause ein. Sie legte eine Schallplatte auf, zog sich aus und vergnügte sich mit ihren Gästen im Kollektiv.

Der Drang zur Penetration trieb mich zu manchen Experimenten. Mein Geschlecht in das verchromte Edelstahlrohr zu führen, mit dem man den Abfluß der Duschwanne schließt, wollte nicht gelingen. Da meine Schwester Maria immer noch des Nachts in mein Bett gekrochen kam, versuchte ich, mich zwischen ihre Beine zu schieben, was ebenfalls nicht gelang. Als wir uns während eines Ausflugs mit den Fahrrädern unterwegs ins Zelt legten, ließ ich sie mein Glied umfassen. Ich weiß noch, wie sie staunte. Meine Scham darüber will nicht vergehen.

Thomas war nicht nur der erste, der ein Mofa und eine Freundin hatte, sondern auch lange Zeit der einzige, der ein Auto besaß, einen weißen, tiefer gelegten Sportwagen mit Überschlagbügel und harten Stoßdämpfern. Thomas hatte seine Kraftfahrzeuglehre gerade beendet und als Automechaniker sein eigenes Einkommen. Bei meiner ersten Probefahrt spürte ich gleich beim Anfahren, wie der Wagen förmlich auf dem Asphalt klebte. Ich raste die Serpentinen oberhalb von Schloß Gemmenberg hinauf. Die Schalensitze hielten mich fest, ich beschleunigte ein weiteres Mal, wendete und raste die Serpentinen zurück Richtung Stadt. In der letzten Rechtskurve, hinter dem Ortseingangsschild, wo die Straße in der Talsohle auf den Mauerbach stößt und die ersten Häuser der Stadt erreicht, trieb mich die Fliehkraft auf die Gegenfahrbahn. Vergeblich versuchte ich, den Wagen auf meine Spur zurückzuziehen. Die linken Reifen schlugen über den Bordstein auf den Bürgersteig, das Eisengeländer am Bach schoß eine Handbreit an mir vorbei, ein entgegenkommendes Fahrzeug schlüpfte hinter der Kurve hervor und wich in letzter Sekunde zur Straßenmitte aus. Erst jetzt bekam ich das Auto unter Kontrolle und fuhr zurück auf die rechte Fahrbahn. Noch am Abend zog sich mein Herz zusammen. Das zweite Mal in meinem Leben war ich davongekommen. Diesmal hatte mich nicht Jupp gerettet, sondern das Reaktionsvermögen eines unbekannten Autofahrers.

Von Jupp erwartete ich in jener Zeit nicht mehr viel. Er kam mir behäbig vor, befangen in seinen Kreisen, unkundig in vielem, was ich in der Schule lernte. Als Oberstufenschüler las ich im Leistungskurs Deutsch Sartre und Camus, wenn auch nur in Ausschnitten. Jupp, Anni, Lisa, Freddi und die Großmutter sahen wir kaum noch. Jupp sagte einmal, als wir im Hof von Freddi an einem Sommertag überraschend zusammentrafen, er habe das Gefühl, daß wir, die Schneiders, ihn und die Verwandtschaft schnitten. Lisa lachte, um den peinlichen Moment zu überspielen, und auch Freddi winkte ab, aber wir wußten alle, daß Jupp recht hatte, jedenfalls was die Distanz meiner Eltern ihm gegenüber betraf. Zudem hatten sie ein Milieu betreten, das mit der Verwandtschaft nicht zu vereinen war. Zum Eklat kam es nie, nur zu einem Augenblick bitterer Feindschaft zwischen Jupp und mir, der mir heute noch in den Gliedern steckt. Denn wirklich versöhnt haben wir uns nicht. Das Stillschweigen hat uns mit den Jahren besänftigt. Noch immer habe ich sein Gesicht vor Augen, wie ich es als Kind kannte, in den sechziger Jahren, als er so alt war wie ich heute, vierzig, aber lachend, anders als ich und kerngesund, noch ohne Krebs im Leib.

Bevor ich sterbe, muß ich erzählen, von meiner Flucht in die Natur. Allein draußen unter freiem Himmel hatte ich vor mir selbst Ruhe. Allein sein, das wollte ich, nichts sagen, nur schauen, nur lauschen, wie es der Lebensform entsprach, die mir im Haus der Großmutter in die Wiege gelegt worden war. Vor allem hatte ich draußen auch Ruhe vor den anderen. Besonders vor den Eltern, dem Vater, der, als meine Schulnoten schwächer wurden, immer entschiedener bessere Leistungen forderte. Ich aber träumte mich nur so durch die Unterrichtsstunden und bekam in einigen Fächern kaum etwas mit. Nichts war bei brütender Sommerhitze auf dem Nachhauseweg von der Schule so schwer wie eine Schultasche mit einer Fünf im Klassenarbeitsheft. Die Stimmung am Mittagstisch war kaum zu ertragen. Noch schlimmer als das Schweigen über den Mißerfolg und die unausgesprochenen Vorwürfe war der Entzug von Freundlichkeit und Zuneigung. Das Gesicht meines Vaters zeigte nur einen Ausdruck, Feindschaft. Die Geschwister sagten ebenfalls kein Wort, ihr einziger Trost war, diesmal nicht selbst betroffen zu sein. Mein Vater hatte vor allem eine Sorge, daß wir das Abitur nicht schaffen würden. Ein Leben ohne Abitur war minderwertig. Mit schlechten Noten, so unser Empfinden, setzten wir seine Liebe aufs Spiel. Darum flüchtete ich ins Freie, wo alles großzügig war und nichts gefordert wurde.

Einen meiner einsamen Ausflüge unternahm ich über Pfingsten, während meine Mitschüler und Freunde an einem Handballturnier der Bezirksmannschaften teilnahmen. Ich selbst war nach wenigen Monaten aus dem Verein ausgetreten, weil ich ohnehin meistens auf der Ersatzbank saß, einen schwachen Wurf hatte und die versteckten Knüffe von Ellbogen und Fäusten als Zumutung empfand. Bepackt mit Zelt, Schlafsack, Kochtopf und einigem Proviant, zog ich hinaus. Ich wanderte durch Täler und über Bergrücken, die ich von früheren Ausflügen kannte, kam in unbekannte Gegenden und fand an einer Flußbiegung eine versteckte Waldwiese. Ich baute das Zelt auf und fing mit einer Feldflasche das Quellwasser auf, das in schmalen Rinnsalen jenseits des Bachs eine Felswand herunterrieselte. Ich kochte Nudeln, rührte Butter und Tomatenmark aus der Tube unter und würzte mit Pfeffer und Salz. Das Quellwasser trank ich aus der Feldflasche, später Cognac aus einem Flachmann. Und ich stopfte eine Pfeife, die ich mir samt fruchtig duftendem Tabak aus dem Sortiment meines Vaters genommen hatte. In der Nacht wachte ich vor Übelkeit auf und erbrach mich. Mein Kopf dröhnte, ich konnte nicht denken, übergab mich abermals, versuchte vergeblich ein Feuer zu entfachen, sank im feuchten Gras nieder, schwitzte, zitterte und wußte nicht, wie mir geschah.

Die Bilder Humphrey van Weydens traten mir vor Augen, wie er nach seinem Schiffbruch halb ohnmächtig im kalten, von Nebelschwaden verhüllten Pazifik trieb und irgendwann vom Robbenfänger Ghost und seinem Kapitän Wolf Larsen, dem Seewolf, aufgelesen wurde. Aber Übelkeit und Einsamkeit in der Kälte der Nacht wurden nicht zum Abenteuer. Ich ahnte, wie elend sich van Weyden auf See treibend und später auf der Ghost gefühlt haben mußte. Zum ersten Mal in meinem Leben hatte der Nachthimmel nichts Geheimnisvolles. Er war ein gleichgültiger leerer Raum, stumm, taub und dumpf. In Gedanken rief ich um Hilfe, aber nichts und niemand regte sich. Fliegen würden sich in Schwärmen auf mir niederlassen, Aaskäfer und Maden sich an meinen Innereien laben. Alles ginge emotionslos vonstatten, rein mechanisch, wie das trockene Zahnradklicken eines Uhrwerks.

Im Morgengrauen trat ich mit letzter Kraft den Heimweg an. Das Gepäck ließ ich zurück. Am Abend erreichte ich die Stadt, die Glocken läuteten. Auf dem Friedhof mußte ich an Köbes denken, der dort vor einigen Jahren vom Friedhofswächter abgeschossen worden war, weil er auf den Gräbern getobt und den Blumenschmuck zerfetzt hatte; Hubertus vermißte ihn am meisten.

Ich betrat die Kirche, der Gottesdienst hatte gerade begonnen. Ich rückte in die Bank zu meinen Eltern und Geschwistern und brach zusammen. Meine Mutter half mir auf und blieb bis zum Ende der Messe neben mir sitzen. Ich bekam nur wenig mit, verstand nicht mehr, was dort vorn geschah. Was für ein albernes Getue, dachte ich, wenn ich für einen Augenblick zum Altarraum schaute und vereinzelt Worte aufschnappte. Was hatte das schon mit dem zu tun, was draußen geschah? Tröstlich war allenfalls die Gewohnheit. Und meine Mutter, die neben mir saß. Ich versuchte erst gar nicht, die Hände zu falten. Mit einemmal wußte ich nicht mehr, warum ich es je getan hatte.

Humphrey van Weyden ging mir nicht aus dem Sinn. Seiner Scheu, Verachtung und Bewunderung für Wolf Larsen fühlte ich mich verbunden. Ich hätte nichts dagegen gehabt, wenn auch mich der Zufall unter das Regime eines Despoten wie Larsen gezwungen hätte. Wenn er als Jugendlicher nicht gekämpft hätte, wäre er aus den Slums von San Francisco nicht herausgekommen. Seine Feinde hätten ihn vernichtet. Zum Überleben mußte er grausam sein, *lieber in der Hölle Herr sein als im Himmel Knecht*. Das Paradies war eine Illusion. Es war nicht verlorengegangen, es hatte niemals existiert.

Ich fragte meinen Vater, warum er sich denn so sicher sei, daß all das, was Religion und Kirche über die Welt behaupteten, der Wirklichkeit entspräche. Er war ein wenig ratlos. Sicher sei er sich auch nicht, sagte er. Er selbst habe in seinem Leben immer wieder gezweifelt und eine Zeitlang überhaupt nichts mehr geglaubt und darüber furchtbare Gewissensbisse bekommen, was er als junger Mann sogar gebeichtet habe. Der Priester hatte ihn beruhigt, eine Sünde sei das nicht, jeder, der glauben wolle, müsse den Verlust erleben. Er solle nicht aufhören zu fragen und forschen. Außerdem vertraute mein Vater, wie er sagte, auf die Weisheit der Geschichte.

In dieser Zeit kam ein neuer Lehrer ans Gymnasium, Gerhard Mertens, der Sohn jenes städtischen Angestellten, den meine Großmutter damals nach dem Verbleib der jüdischen Familie Wolff befragt hatte. Gerhard Mertens unterrichtete Deutsch und Sozialkunde. Zusammen mit seiner Frau hatte er am Rand eines nahe gelegenen Dorfes ein Haus gebaut. Das Holz für den offenen Kamin holte er aus dem angrenzenden Wald und hackte es im Garten klein. Das sei gut gegen Aggressionen, erzählte er uns. Neben dem Wald erwarb er einen Acker, auf dem er Kartoffeln anpflanzte, ohne Kunstdünger. Mertens hatte eine große Bibliothek, aus der er die Bücher stapelweise mit in den Unterricht brachte. Er schwärmte von der Literatur, viel lesen mache selbstbewußt, sagte er, und verteilte ganze Listen mit Lektüreempfehlungen.

Gerhard Mertens war engagiert und redete mit großem Nachdruck. In seiner Nähe spürte man mitunter den sprühenden Speichel oder sah je nach Lichteinfall die aus seinem Mund hervorstiebenden Tröpfchenwolken silbern aufblitzen. Er trat sehr nahe an uns Schüler heran, so wie Frau Peters, die Pfarrersfrau, es getan hatte, wenn sie sich zu mir hinunterbeugte und mich mit ihren Riesenaugen ansah. Und wie mich Frau Peters damals über Lassie aufgeklärt hatte, so klärte uns Gerhard Mertens über alles andere auf. Er schärfte unseren Verstand, um die rhetorischen Strategien der Mächtigen zu entlarven. Ausbeutung gab es überall. Sogar an den Universitäten, wo Professoren die Ideen der Studenten übernahmen und unter eigenem Namen als eigene Erkenntnisse veröffentlichten, wie Mertens uns aus eigener Erfahrung berichten konnte. Bei ihm kam alles auf den Prüfstand. Alles wurde *kritisch hinterfragt*. Auch die Vortragsweise der Tagesschausprecher, die hinter ihrem vermeintlich objektiven Tonfall nur die Zensur kaschierten. Wir wurden Herren des Denkens und Richter der Verhältnisse. Die Bildzeitung war böse, der Spiegel gut. Max Frisch war gut, Heinz Konsalik schlecht. Klassische Musik war langweilig, der Liedermacher Hannes Wader spannend, denn er hatte *etwas zu sagen*. Durch Gerhard Mertens wurde uns klar, daß es in R. von *Spießern* nur so wimmelte. Sie waren denkfaul, ließen sich vom System einlullen und richteten sich im Wohlstand auf Kosten der Dritten Welt ein. Mertens demonstrierte gegen die Verhältnisse. Statt normaler Stoffhosen trug er Jeans. Er erschien ungekämmt in der Schule. Er setzte sich aus Protest in den Schulflur, wenn während der Konferenzen geraucht wurde.

Als ich kurz vor dem Wechsel in die Oberstufe Mitglied der Schülerunion wurde, kam Gerhard Mertens auf mich zu, blieb, wie immer, dicht vor mir stehen und stellte mich zur Rede. Was ich denn in der Schülerunion zu suchen hätte, ob denn all die Jahre seines Unterrichts vergeblich gewesen seien? Ich wolle mich politisch engagieren, sagte ich, außerdem biete die Schülerunion interessante Seminare, die ich bereits besucht hätte und weiter besuchen wolle. Er sei enttäuscht, sagte Mertens und ging fort. Meine Noten in Deutsch und Sozialkunde verschlechterten sich deutlich.

Noch während meiner Schulzeit wurde er krank. Er litt unter Magenschmerzen. Später wurde ihm ein Geschwür entfernt. Er blieb reizbar und schwach, fehlte immer häufiger und ließ sich frühzeitig pensionieren. Eine Mitschülerin hielt weiterhin Kontakt zu ihm. Sie hieß Andrea Meier und schrieb Gedichte. Sie war seine beste Deutschschülerin gewesen. Ihre Gedichte hatte sie im Unterricht vortragen dürfen, und er lud sie zu sich nach Hause ein, wo er ihr in der Bibliothek seine eigenen Gedichte vorlas. Bei einem Treffen des Abiturjahrgangs fünfzehn Jahre später erzählte mir Andrea, daß das Verhältnis, das Gerhard Mertens zur ihr als Schülerin gepflegt habe, aus heutiger Sicht ein Mißbrauch gewesen sei. Da war Mertens schon einige Jahre tot. Er starb plötzlich, bei einem Autounfall. Auf gerader Strecke ist er gegen einen Baum gefahren.

Ein plötzlicher Tod scheint für mich nicht vorgesehen zu sein. Ob er in absehbarer Zeit vor der Tür stehen wird, ist nicht sicher. Seine Unverbindlichkeit kommt mir entgegen. Die Therapie jedenfalls ist *nach Fahrplan* verlaufen, wie es einer der Ärzte formulierte. Der Seitenausgang wurde zurückverlegt. Vor drei Tagen wurde ich aus dem Krankenhaus entlassen. Jetzt bin ich damit beschäftigt, meinen Verdauungstrakt in Gang zu bringen, was recht mühsam ist. Der untere stillgelegte Darmteil muß wieder das Kneten und Saugen lernen. Meine Frau dünstet und köchelt, sie sorgt für eine Auswahl milder Speisen und klappert mit Löffeln und Schalen, als gälte es, eine ganze Kinderschar zu füttern.

Im Krankenhaus habe ich nicht mehr schreiben können, unberührt stand der Rechner auf dem Beistelltisch. Jetzt ist er endlich wieder in Betrieb. Langsam komme ich zu Kräften, glaube ich. Ob die vier Krebsnester in der Lunge gewuchert sind oder durch die Chemotherapie verödet werden konnten, soll die Untersuchung morgen zeigen.

Die Bäume im Park sind kahl. Es ist diesig und kalt. Die Balkonluft vorhin war grau von den Abgasen des Verkehrs auf der Uferstraße. Es fühlte sich an, als kratzte der giftige Feinstaub über die Schleimhäute von Nase und Bronchien. Der Lärm klebte in den Ästen. Der kleine Malte schlenderte am Gesträuch vorbei, drückte sich ein großes, ausrangiertes Mobiltelefon ans Ohr und führte ein Selbstgespräch. Er trug weder Pullover noch Jacke, und die oberen Knöpfe seines kurzärmeligen Hemdes waren weit geöffnet. Er hustete rauh und laut. *Du mußt dich wärmer anziehen!* rief ich ihm zu, aber er schüttelte nur den Kopf und ging telefonierend weiter.

Wieder liege ich auf der Récamière mit einer Wärmflasche auf dem Bauch, darauf der Laptop, und schreibe, wie es zum offenen Bruch mit Jupp kam.

Als die Großmutter über neunzig Jahre alt war und die Tage bei mir im Wiesenhaus verbrachte, kam sie auf ihr Barvermögen zu sprechen. Wir würden uns noch wundern! meinte sie auch diesmal. Wieviel sie denn gespart habe, wollte ich wissen. Sie zuckte mit den Schultern und sagte, Jupp habe das Sparbuch und wisse über alles Bescheid.

Seit Jahren beklagte Jupp sich bei seinen Schwestern, daß die Großmutter das Geld nur so aus dem Fenster werfe. Dabei lebte sie ärmlich. Ich kann mich nicht daran erinnern, daß sie auch nur ein einziges vollständiges Eßbesteck oder Eßservice besessen hätte. Die wenigen Teile, die sich in dem schmalen Küchenschrank befanden, waren alt, brüchig und zusammengewürfelt, wie jene deckellose Kaffeekanne mit dem rissigen Schnabel. Sie verfügte über ein überschaubares Sortiment an Kleidern, in dem ich selten etwas Neues entdeckte. In Urlaub ist sie nie gefahren. Alle Jahre verbrachte sie ab und an ein paar Tage bei den Schönstätter Marienschwestern. Frisieren ließ sie sich von ihren Töchtern. Sie hatte kein Zeitungsabonnement und sammelte für uns Kinder nur Pfennige und Groschen in einer henkellosen Tasse, die im obersten Regal des Küchenschranks stand. Ein Spielzeug, ein Buch oder eine Schallplatte hat keiner von uns je bekommen. Einmal überließ sie mir einen Rosenkranz.

Jupp blieb dabei, daß sie zu viel Geld ausgebe, und behauptete, sie würde denen, die bei ihr klingelten, um für die Caritas, die Mission oder Pater Leppich zu sammeln, die Zwanzig- und Fünfzigmarkscheine nur so hinterherwerfen. Ich glaube nicht, daß ihm jemand diese Geschichten abnahm, zumindest werden sie alle für maßlos übertrieben gehalten haben. Aber niemand konnte oder wollte das vermeintliche Finanzgebaren der Großmutter kontrollieren, außer Jupp selbst, der wöchentlich etwas für sie abhob.

Nach dem Gespräch über ihre finanziellen Verhältnisse riet ich der Großmutter zu einem Besuch bei der Stadtsparkasse. Kurze Zeit später bestellte ich ein Taxi. Großmutter trug einen schwarzen Rock und eine dunkle Bluse und hatte sich über die Schultern ein grobgestricktes schwarzes Tuch gelegt, Kleider, die sie auch zum Kirchgang getragen hätte. Mittlerweile war sie in die Mauerbachstraße zurückgekehrt, wo sie von nun an ihr wiederhergerichtetes altes Zimmer im ersten Stock bewohnte. Sie hatte mir ihre monatlichen Rentenmitteilungen gezeigt. Mitte der achtziger Jahre erhielt sie 930 Mark. Mit diesen Unterlagen fuhren wir zur Bank. Alles sollte ans Licht kommen! Der Bankangestellte empfing uns, wir gingen in eines der Büros und erfuhren, wieviel meine Großmutter über Jahrzehnte gespart hatte, nämlich nichts! Keinen einzigen Pfennig. Es gab auch keine anderen Konten, kein zweites Girokonto, kein zweites Sparkonto, nichts. Meine Großmutter hatte von einem hübschen Sümmchen geträumt, das sie als Erbe ihrer Familie hinterlassen und mit dem sie alle unausgesprochenen Verdächtigungen gegen Jupp schließlich Lügen strafen würde. Tatsächlich war sie arm wie eine Kirchenmaus.

Als wir die Bank verließen, marschierte die Großmutter stolz wie die Funkengarde an Karneval zum Taxi, schwenkte ihre Handtasche durch die Luft, als wollte sie Geschenke unters Volk werfen, lachte und summte einen Karnevalsschlager. Noch im Büro des Sparkassenangestellten hatte sie Jupp die Kontovollmacht entzogen und Tante Lisa übertragen.

Im Taxi fiel sie in sich zusammen. Der Wagen fuhr los, und sie atmete seufzend auf. Ihr Lebenswerk war nicht nur zunichte gemacht worden, sondern von Anfang an Schall und Rauch gewesen. Einen Kronprinzen hatte es nie gegeben. Ich legte einen Arm um ihre Schultern. Ihre winzigen Äuglein blinzelten mich tief vergraben aus ihrem unendlich verrunzelten Gesicht an. Die strahlengefurchten Lippen waren verschlossen. Dann wandte sie ihren Blick von mir ab und schaute an mir vorbei aus dem Fenster. Ein letztes Mal hoben sich ihre Schildkrötenhände, die das schwarze Ledertäschchen umklammerten, dann sanken sie nieder. Sie schrumpfte und erstarrte. Wie ein Reptil.

Jupps Testamentsfälschung erwähnte ich nicht. Ich hatte die vergilbten Zettel wenige Tage vor dem Sparkassenbesuch wieder hervorgekramt, nachdem die Großmutter das Wiesenhaus verlassen hatte. Zur Erbschleicherei war Diebstahl hinzugekommen. In der Familie bestätigte das geplünderte Konto nur eine längst zur Gewißheit gelangte Überzeugung, mit der man sich mehr oder weniger abgefunden hatte. Genugtuung schwang in der Familie mit, darüber, daß die Großmutter auf schmerzhafte Weise erfahren mußte, wie sie gegen jeden gesunden Menschenverstand an ihrem heiligen Jupp festgehalten hatte. Auf Trost und Verständnis mußte sie verzichten.

Kurze Zeit später saß ich im Wiesenhaus und las. Ich hatte gewußt, daß er kommen würde. Sein Käfer bewegte sich die Straße hinauf. Obwohl Jupp nicht schneller fuhr als sonst, wirkte das Geräusch des

Motors lauter als gewohnt. Ich hörte, wie der Wagen in der Toreinfahrt hielt. Ich hörte Jupps Schritte, wie er die erste Tür aufriß, dann die zweite, sah ihn groß und mit versteinerter Miene ins Zimmer treten und konnte kaum atmen. Er schlug mich nicht, wobei ich das Gefühl hatte, daß er mich schlüge. Er spuckte mir nicht ins Gesicht, obwohl mir war, als würde er es am liebsten tun. Er lachte mich nicht aus, aber in seinem Blick steckten Verachtung, Haß und Hohn. Ich sah mich mit seinen Augen als lächerliche Figur, als überheblichen, moralisierenden und schwachbrüstigen Studenten. Tatsächlich verzogen sich seine Lippen fast unmerklich zu einem Grinsen. Er wandte sich ab, ging zur Tür, hielt inne, schaute noch einmal zurück und sagte, ich solle verschwinden: *Maach dat de he fottküß!* Dann ging er hinaus, schlug die Autotür zu, zündete den Motor und fuhr davon, während ich dastand, reglos, erstickt.

Im Studium las ich Nietzsche. Seine Verachtung des Himmels wurde mein neues Bekenntnis. Ich war traurig und niedergeschlagen. Ich nahm meine düstere Stimmung als Preis für die gewonnene Klarheit. Auf einer Nietzsche-Tagung in Dubrovnik wurde der *Zarathustra* sprachphilosophisch gedeutet. Es war eine Veranstaltung des philosophischen Seminars während der Sommersemesterferien. Nach Jupps kurzem Besuch war ich sogleich zurück in die Universitätsstadt gezogen. Meine Unterstützung der Großmutter trug mir in der Familie stillschweigende Achtung ein. Jupps Familie ausgenommen. Die Großmutter wurde sehr still. Auf einem Propangaskocher kochte ich zwischen den karstigen Uferfelsen der Adriaküste Nudeln in Butter und Tomatenmark. Der jugoslawische Staatspräsident Tito war schon einige Jahre tot, die Kommunisten waren noch an der Macht. Der Übermensch war ein Mensch, der die Sinnlosigkeit der Welt erkannte. Ich übernachtete in einer Privatpension. Der Pensionswirt hatte mich am Busbahnhof aufgegabelt. Seine Frau servierte mir in ihrem Wohnzimmer das Frühstück. Es gab den dünnsten Kaffee meines Lebens. Der Übermensch war ein Mensch, der die Sinnlosigkeit der Welt ertrug und sich davor hütete, ihr Sinn einzureden. Einem Einheimischen, dem ich mehrfach über den Weg gelaufen war, der mich einige Male durch die Gassen begleitet, mir einiges gezeigt und vom Leben in der Küstenstadt erzählt hatte, lieh ich Geld. Als er es mir zurückgeben sollte, trug er eine neue Lederjacke und wollte mich vertrösten. Ich schrie ihn an, drohte mit der Polizei, bis er mich zu einer Boutique führte, wo er die Jacke zurückgab und mir das Geld aushändigte. Der Übermensch war wie Christus, der für alles Verständnis hatte, auch wenn alles falsch war, den Schmerz darüber auf sich nahm und sich lieber kreuzigen ließ, als sich einem Glauben zu unterwerfen. Die Professoren wurden von ihren Ehefrauen, Geliebten oder Liebhabern begleitet. Sie waren freundlich und luden mich daheim zu einem privaten philosophischen Gesprächskreis ein. Für ihre Nietzsche-Deutung fand ich in den Texten des Philosophen keine Belege, aber daß schon Jesus Nietzscheaner gewesen sein sollte, gefiel mir. Mich erwartete die Freundin in Venedig. Über Triest fuhr ich zu ihr.

In den letzten Semestern verkroch ich mich in meinem Studentenzimmer. Ich las viel und hörte Musik. Die Zeit im Wiesenhaus und der Besuch meiner Großmutter mit Sommergewitter und Tsingtau-Erzählung waren ein letzter großer und am Ende schroffer Abschied gewesen. Die Zeit in R. war vorbei. Der Bruch mit Jupp hatte das Ende besiegelt. Jahre sollten wir uns nicht wiedersehen. Eigentlich war alles verloren. Unwiderruflich, wie ich damals dachte. Ich fühlte mich alt und erwartete von meiner Zukunft nicht mehr als das Ende. Ich weiß gar nicht, wie meine Freundin die düstere Stimmung ertrug.

Ich flüchtete mich in die Kunst, reiste nach Zürich zur großen Beuys-Ausstellung. Einer der Räume war ausgepolstert mit grauem Filz. In der Mitte stand ein Klavier. Dort blieb ich sehr lange, am liebsten hätte ich mich in eine Ecke gekauert. Schließlich nahm ich mir, was ich brauchte, und verschwand.

Erst als unsere Kinder zur Welt kamen, ging es mir allmählich wieder besser. Als der Priester sie zur

Taufe, die meine Frau nach einer weiteren Venedigreise in die Wege geleitet hatte, mit Chrisam zu Königinnen salbte, *riß der Himmel auf*, wie es im Adventslied heißt. Der Rillenklang war wieder da. Ich hatte nicht mehr mit ihm gerechnet. Als ich meinen Kindern in der Adventszeit zum ersten Mal von Bethlehem und der Geburt erzählte, konnte ich ein Zittern in der Stimme kaum unterdrücken. Als ich damit begann, ihnen beim Gutenachtgruß im Bett mit dem Daumen ein Herz und ein Kreuz auf die Stirn zu zeichnen, gingen mir die Augen über. Ich versuchte, mich zu beherrschen. Aber sie merkten, daß etwas mit mir geschah, und sahen mich an. Ich hätte das Paradies kaum wiedergefunden, wenn ich in meiner Kindheit nicht darin hätte leben dürfen. Diesen Satz nehme ich nicht zurück.

Vielleicht sterbe ich ja wirklich nicht so bald! Vielleicht werden die vier Nester in der Lunge vernichtet sein! Vielleicht ist alles wieder offen!

Jupp starb 1993, im Alter von 65 Jahren, vier Jahre nach dem Untergang der sozialistischen Regime in Mittel- und Osteuropa. Kurz nach dem Fall der Berliner Mauer kam Annis Leipziger Verwandtschaft zu Besuch nach R. Von dort machten die Brüder und Schwäger einen Abstecher zu mir in die Universitätsstadt. Mittlerweile wohnte ich mit meiner Freundin zusammen. Wir kochten Gnocchi mit Gorgonzolasoße und führten unsere Gäste durch die Altstadt und den Hofgarten am Rhein. Sie waren neugierig, sprachen aber nicht viel. Am Nachmittag begleitete ich sie allein durch die Fußgängerzone hinter dem Rathaus. Bei Beate Uhse hielten sie sich lange auf. Zur Verabschiedung am Abend entschuldigte sich Annis Hochschulbruder dafür. In der DDR habe es so etwas nicht gegeben.

Als Georg seine Freundin Jessica heiratete, schenkte Jupp ihm die Schnuller, die er ihm als Kleinkind gestohlen hatte, einen versilberten Kerzenständer, den er in einem italienischen Restaurant am Gerbermarkt hatte mitgehen lassen, und seine Angelausrüstung. Besonders gesprächig war Jupp an Georgs Hochzeitstag nicht. Er wechselte mit mir ein paar wenige Worte, aber auch nicht weniger als mit den anderen Gästen. Er trank viel, gab kurze Kommentare ab und nahm einmal meine erste, nur wenige Wochen alte Tochter in den Arm, umfaßte mit seiner großen Hand das kleine Gesicht, drehte es zur Kamera und lachte. Das Foto steckt in den Alben meiner Mutter. Den ganzen Abend über verließ Jupp kaum seinen Platz. Und wenn er ging, dann humpelte er. Einmal lupfte er den Hosensaum, schob den Sockenrand nach unten und zeigte grinsend seinen rechten Fuß. Vom Knöchel an war er bis zur Wadenmitte geschwollen. Die Haut war dunkelrot, fast blau und straff gespannt. Jupp nannte ihn *Teufelsfuß*.

Bald darauf kam Jupp ins Krankenhaus, nach wenigen Tagen wurde er wieder entlassen. Alles sei in Ordnung, hieß es. Wenige Monate danach rief meine Mutter an und sagte, Jupp habe Krebs. Ich fuhr nach R., wo ich mich mit meinen Geschwistern am Bahnhof verabredet hatte. Gemeinsam gingen wir zum Gerbermarkt. Die Tür von Jupps Haus war verschlossen. Wir klopften an und Anni öffnete. Sie führte uns in die ehemalige Werkstatt, die Jupp vor Jahren zu einem altdeutschen Wohnzimmer mit dunkelbraunen Fachwerkapplikationen umgestaltet hatte. Er saß auf einem thronartigen Stuhl mit gepolsterten Armlehnen und hoher Rückenlehne. Er ließ sich von uns umarmen. *Bring dänne Junge jett ze drinke*, trug er Anni auf, die gleich davonhuschte. Jupp war sehr dünn, sein Gesicht wie langgezogen. Seine Wangen waren eingefallen, die Augen riesig. Unverwandt sah ich ihn an, um ihn reden zu lassen, aber er sagte nichts. Mit regloser Miene schaute er zurück. *Lurens, wie dä lurt*, sagte er zu Anni, als sie mit den Bierflaschen in den Händen und unter den Armen zurückkam. Zum Abschied ließ sich Jupp wieder umarmen. Ich hatte einen kurzen festeren Druck von ihm erwartet, ein winziges Zeichen, aber es blieb aus. *Mat et jot*, sagte er. Beerdigt wurde er direkt oberhalb der Urgroßeltern, Großeltern und Lutt. Mittlerweile sind die Gräber für eine Verbreiterung der Wege eingeebnet worden. Der Friedhof wurde zu einem Park umgestaltet. Nur die am Rand aufgereihten Grabsteine erinnern noch an die Toten.

Nachdem ich aus dem Wiesenhaus fortgezogen war, hatte ich mich einige Male mit der Bahn nach R. aufgemacht, um ein paar Stunden dort zu verbringen, ohne jemanden zu besuchen. Um die Häuser der Familie machte ich einen Bogen, stieg meistens den Luisenberg hinauf und warf einen Blick über die Gegend.

Im dritten Frühsommer nach dem Bruch mit Jupp führte der Rhein wieder Hochwasser. Der Pegel überstieg alle, die ich bisher erlebt hatte. Die Uferstraßen waren überflutet, die Bögen der Bahntrasse standen bis auf halber Höhe inmitten der zähfließenden Strömung, der Gerbermarkt war bis in die Burgstraße hinein überschwemmt, das Erdgeschoß von Jupps Haus stand vollständig unter Wasser. Vom Luisenberg aus sah ich die flutbedeckten Auen der Nahlemündung. Die ockerfarbene Fläche schob sich an die ersten Weinbergreihen tief im Tal. Lastkähne fuhren keine mehr. Es war sehr still an jenem Tag. Die Geräusche der Schiffsmotoren und der Autoschlangen schienen aus der Welt verschwunden. Nur die Eisenbahn zerschnitt hin und wieder die Stille. Es kam mir vor wie im Winter, wenn ein heftiger Schneefall plötzlich alles lahmlegt. Nur daß es jetzt grün war.

Zuerst dachte ich, daß mit der Ruhe an diesem frühen Morgen auch alle Bewegung erlahmt sei. Die glatte Oberfläche des Rheins und seine behäbige Strömung unterstrichen den allgemeinen Stillstand. Bis ein Ruderboot zwischen der Bahntrasse und der ersten Häuserreihe auftauchte. Die hellblaue Lackierung fiel mir sogleich ins Auge. Am Heck ragte eine Angel in die Höhe, die Ruder tauchten gemächlich ins Wasser.

Ich lief an der Donatuskapelle vorbei die Serpentinen des Fußpfades zur Stadt hinunter. Ich lief über den Friedhof, sprang die Treppen zur Gerichtslinde hinab, lief durch die Gassen bis ans Hochwasser, hielt an mehreren Stellen Ausschau und sah schließlich

Jupp, wie er unter einem der Viaduktbögen der Bahn in seinem hellblauen Kahn hervorkam, die Angel hinter sich herziehend. Er hatte die Ruder eingeholt und ließ sich von der Strömung treiben. Das Boot drehte sich schwerelos. Zuerst wagte ich nicht, ihn zu rufen. Aber dann tat ich es doch. Er wandte sich um und winkte mir zu. Er ruderte ans Ufer und ließ mich einsteigen. Der Fluß zog uns mit. Wir glitten davon.

Ich warte.

Ich warte.